Pubblicato in accordo con MalaTesta Lit. Ag. Milano

La citazione in esergo, leggermente modificata,
è tratta da Raymond Carver, *Orientarsi con le stelle. Tutte le poesie*,
trad. it. di Riccardo Duranti e Francesco Durante, minimum fax, Roma 2016.
Edizione originale: *The Grant*, from *All of Us* by Raymond Carver.

www.einaudi.it

ISBN 978-88-06-26216-7

Paolo Cognetti

Giú nella valle

Einaudi

Giú nella valle

O questo o la caccia alla lince
con il mio amico Morris.
Provare a scrivere una poesia alle sei
stamattina, oppure correre
dietro ai segugi
imbracciando il fucile.
Il cuore che saltella nella sua gabbia.
Ho 45 anni. Senza un lavoro fisso.
Immaginate che lusso, una vita cosí.
Provate a immaginare.

RAYMOND CARVER

Valsesia

Era una femmina che non aveva ancora visto il suo secondo inverno, né altro mondo che l'autorimessa lungo la provinciale. Da sola, sul retro dell'officina, giocava col brandello di un vecchio copertone: lo mordeva, lo lanciava, correva a riprenderlo, quando si accorse di avere spettatori. Dalla cava di ghiaia lí accanto era comparso un cane grigio, che la guardava. C'era il fiume da quella parte, anche se in autunno era in magra e non ci voleva molto ad attraversarlo. Posò il pezzo di gomma per cercare nell'aria l'odore di quel maschio, ma come alzò il muso ne vide altri tre spuntare dal mucchio dei rottami. Tre pastori con il pelo infangato e il campanello nel collare, e questi invece li conosceva. Di giorno custodivano le pecore, pascolando le stoppie nei campi e l'erba intorno ai capannoni, e di sera si aggiravano in cerca di qualcosa da rubacchiare. Ma adesso non erano lí per il cibo, erano lí per lei. La femmina sapeva e non sapeva perché erano venuti. A poco piú di un anno d'età, questo nuovo interesse dei maschi nei suoi confronti faceva parte delle cose che stava imparando in fretta, cose eccitanti e pericolose come i falò che i ragazzi accendevano in estate, o la corrente del fiume che una volta l'aveva quasi portata via.

C'era un sedile divelto, contro il muro dell'officina, dove andò ad accucciarsi. Un sedile d'automobile che aveva ospitato generazioni di cani prima di lei. Poco lontano l'escavatore affondò il braccio nel letto del fiume, tirò su una benna di sabbia e ghiaia, e in quel momento il cane grigio si mosse per avvicinarsi. I tre pastori ristabilirono le loro gerarchie: a quello piú vecchio e grosso bastò un ringhio e un assaggio dei denti per far desistere il secondo, che filò via con un guaito mentre il terzo girava già alla larga. Poi il capo avanzò a piccoli passi, secondo un rito maschile che la femmina conosceva. Minacciare, ringhiare, mostrare i denti, era questo il modo di battersi dei cani della valle, ma il grigio veniva da un altro luogo dov'era stato educato diversamente, dagli uomini o dalla vita. Quando l'altro drizzò il pelo, irrigidendosi per fargli impressione, lui gli balzò addosso senza preamboli. Era il piú secco dei due ma gli bastò l'urto a ribaltarlo sulla schiena, poi lo bloccò con una zampa e affondò i denti nella gola. Questo, la femmina non l'aveva mai visto fare. Provò una nuova eccitazione mentre il grigio serrava il morso, senza mollare la gola del pastore che si dibatteva. Finché anche i suoi compari, che giravano intorno inquieti, videro il corpo del loro capo afflosciarsi, il collo che mandava sangue e il sangue che impregnava lo sterrato. Adesso sembrava un vecchio copertone pure lui, e dopo un momento i due si erano dileguati nei campi.

Un'autocisterna passò sulla provinciale, aveva un dito di brina sul tetto che volò via con uno sbuffo. Novembre. La femmina scese dal suo sedile e scodinzolò al maschio che si avvicinava. In lui la furia di poco prima si era già placata, l'annusò con gentilezza, si lasciò annusare. L'odore che lei sentí era di bosco, di terra, di foglie, e del sangue del cane che aveva appena ucciso. Le venne voglia di leccarlo, e lo leccò. Poi lui la prese e cosí la sua infanzia era finita per sempre.

Risalirono il fiume, quel giorno, correndo per l'euforia di essersi incontrati, lungo i banchi di ghiaia e gli isolotti, attraverso le terre desolate del fondovalle. Le creste lontane erano segnate dalla neve, ma lungo il fiume sorgevano i cementifici, i mobilifici, gli ingrossi di materiale agricolo, i magazzini edili. Videro i topi nei canali di scolo e le cornacchie sulle discariche, sentirono l'odore dei concimi sparsi nei campi, e quando trovarono esseri umani, in un furgone sulla riva, lei che non temeva l'uomo capí che lui invece lo evitava, perché guadarono una volta in piú per proseguire sull'altra sponda. Costeggiarono una recinzione e poco dopo la loro corsa finí contro una chiusa, dove il fiume era sbarrato e partivano le condutture. Sentivano il traffico della strada, da lí, da qualche parte oltre l'argine. La luce calava e lui volle aspettare il buio per uscire allo scoperto. Mentre aspettavano le venne fame, da ore non metteva niente nello stomaco, e glielo fece capire alla maniera dei cuccioli, leccandogli e mordicchiandogli il muso, come se lui fosse il padre e dovesse procurarle da mangiare. Lui sotto sotto gradí quella tortura.

Con il buio la condusse lungo la provinciale fino a un edificio che aveva, sul davanti, una grande insegna al neon, una palla che a intermittenza rotolava verso i birilli. Dietro, una porta di metallo e una finestrella opaca davano sul parcheggio, e un cane legato fuori li sentí arrivare. Era un piccoletto che abbaiò e tirò il suo guinzaglio mentre loro restavano nascosti dove la luce non arrivava. Dopo un minuto il piccoletto smise, fissò l'oscurità, sentí abbaiare un altro cane da qualche altra parte e gli rispose, poi la porta di metallo si aprí e uscí un ragazzo con un grembiule bianco. Il piccoletto gli scodinzolò tutto contento. Il ragazzo gettò contro il muro due sacchi dell'immondizia, guardò il cielo senza stelle e senza luna e prese qualcosa da una tasca che allungò al cane, accarezzandogli la testa mentre mangiava dalla sua mano.

La femmina, nascosta tra le auto, a quella vista provò un sentimento che non aveva mai provato prima. Per la carezza, non per il boccone. Per l'affetto del ragazzo e la fiducia incondizionata del cane, una specie di nostalgia.

Il maschio non le diede altro tempo, uscí dal buio appena il ragazzo rientrò in cucina. Il piccoletto alzò il muso dalla ciotola, ma era un cane da niente, e cosí legato non è che potesse fare granché. Se lo ritrovò alla gola ancora prima di provare ad abbaiare. Emise un rantolo e un sibilo, nessuno dalla cucina sentí e nessuno venne a vedere, e quando lei li raggiunse era già morto: giaceva a bocca aperta, la lingua di fuori. Il suo amante se n'era disinteressato e lacerava i sacchi dell'immondizia con le unghie e coi denti. Trovarono ogni ben di dio, carne, pasta, ossa, mangiarono a sazietà accanto a quel cadavere legato al suo guinzaglio e intanto la palla al neon buttava giú i birilli sotto il cielo scuro.

Per i paesi, per la Valsesia su cui calava l'inverno, sulla destra e la sinistra del fiume cominciò a girar voce di questi cani morti – il pastore, poi il bastardino del bowling, poi un cane da caccia che era partito nel bosco e non era piú tornato, poi il guardiano di una segheria – e del killer che li ammazzava, tutti allo stesso modo, tutti maschi. Nei bar, dove le notizie si diffondevano, c'era chi scommetteva che fosse un lupo. Soltanto i lupi uccidevano cosí, o no? Secondo altri era un cane da combattimento, sfuggito al padrone che si era guardato bene dal denunciarlo. Poi prese corpo la teoria che fosse mezzo e mezzo, uno di quegli incroci tra cani randagi e lupi, di cui si sentiva parlare come di mutazioni. Esseri diabolici perché avevano due anime: la confidenza del cane con l'uomo, e la ferocia del lupo. Nelle leggende locali, si avvicinavano mansueti e poi attaccavano all'improvviso. Ma la teoria creava un problema, perché un cane rabbioso si sarebbe potuto e anzi dovuto abbattere, mentre un lupo no, era protetto dalla legge. Che cosa si faceva con un ibrido? Le discussioni animavano l'ora dell'aperitivo. Davanti a un secondo calice di bonarda, a un bianco e Campari, a un altro giro dello stesso di prima si diceva, nemmeno tanto sottovoce, che la Forestale se ne stesse con le mani in mano. Preferivano dar multe che proteggere la cittadinanza. D'accordo, non si era ancora sentito di attacchi all'uomo, però quale madre in quei giorni avrebbe lasciato un bambino fuori a giocare? In ogni caso era stagione di caccia, e di cacciatori nella valle ce n'erano parecchi. Al cinghiale, al camoscio, al cervo, alle biondine… Gli uomini si divertivano cosí, alludevano e si davano di gomito, si buttavano due noccioline in bocca e ammiccavano alla cameriera. Poi scolavano il fondo del bicchiere, pagavano il giro, salivano sul pick-up e tornavano dalla moglie per cena. Se qualsiasi bestia a forma di cane gli avesse attraversato la strada, l'avrebbero tirata sotto senza pensarci due volte.

Quella notte lei sognò sua madre. Sognò di essere cosí piccola che ancora viveva attaccata alla madre insieme ai suoi fratelli. Fuori dal sogno agitava le zampe, mugolava piano, e nel sogno si contendeva un capezzolo con altri cuccioli come lei. C'erano uomini intorno, non volti veri e propri ma presenze, voci, e poi una mano calava da quelle voci. Era piú grande di lei, ne sentí la mole addosso, le dita intorno al corpo, quella mano che la prendeva e la tirava su.

Si svegliò per lo spavento e si ritrovò al buio senza sapere dov'era. Prima riconobbe l'odore del suo amante, il pelo folto e il costato tutto ossa. Quell'odore ebbe subito il potere di tranquillizzarla. Poi, lentamente, avvertí il resto, nella notte che li circondava: il pilone di cemento dove avevano trovato riparo, il passaggio di un'auto sopra di loro, il gorgoglio del fiume. Non sapeva da quanti giorni lo risalivano. Né si domandava dove il maschio la portasse, lo seguiva e basta. Lui vegliava su di lei, anche ora: il ritmo del suo respiro le diceva che stava riposando, ma non dormiva.

La mattina presto, mentre proseguivano nella boscaglia, scorse un movimento in mezzo al fiume. Fiutò l'aria, e sentí l'odore di una donna. Lo sapeva distinguere da quello di un uomo. Ne fu incuriosita, lasciò andare avanti il maschio e si arrischiò sul limite della vegetazione, vicino all'acqua.

La donna si stava immergendo in una pozza. Aveva la pelle molto bianca e i capelli rossi. Era freddo, il suo fiato faceva vapore, eppure entrava nel fiume un passo dopo l'altro. L'acqua le arrivava alle cosce quando si sentí osservata, si voltò verso i cespugli e la vide. I loro sguardi si incontrarono. La cagnolina provò di nuovo quel sentimento, quella nostalgia.

Il suo amante adesso le era accanto. Osservava anche lui la donna e la donna li guardava entrambi. Poi il maschio le diede un colpetto con il muso sul collo e si avviò per la sua strada. Lei ebbe paura che, se fosse rimasta, lui se ne sarebbe andato, lasciò la donna nell'acqua e si arrese a seguirlo.

Piú tardi il paesaggio cambiò e la boscaglia mista del fondovalle lasciò il posto alle conifere, e a piú rade betulle. Le betulle sottili sulla riva, e il fitto del bosco dietro di loro. Anche il fiume, che in basso era sempre sbarrato, arginato, prosciugato dalle prese d'acqua, qui scorreva libero tra i sassi, e dove una delle sue anse girava verso nord trovarono, improvvisa, la neve. Solo un velo di neve caduta da qualche giorno, che si era conservata all'ombra. La cagnolina l'annusò e riconobbe l'odore che altre volte le era giunto da lontano, le venne voglia di assaggiarla e scoprí che la neve non era un cibo, ma un gioco. Grattò con le unghie quella crosta ghiacciata, ci affondò il muso, starnutí, se ne riempí un'altra volta la bocca e le orecchie.

Il maschio intanto aveva trovato una baracca di legno e lamiera. Una canna fumaria usciva dal tetto ma non mandava fumo. Annusò intorno, non trovò pericoli, seguí un odore che lo portò a una griglia posata su due mattoni. C'era del grasso di carne, rappreso sulla griglia. Altro grasso era caduto nella cenere e lui si mise a scavare per tirar fuori qualcosa che aveva fiutato.

Fu lei a vedere il cane che balzò fuori dal bosco. Lo vide in corsa, era grosso e nero: investí il grigio e lo azzannò al fianco destro. Il grigio, colto di sorpresa, riuscí a voltarsi e a mordere dove poteva, ma quello gli aveva piantato i denti nella carne e non mollava. Lei li vide rotolare tra l'acqua del fiume e la neve. Guaiva di angoscia, non sapendo intervenire. Piú volte i due maschi si schienarono e ribaltarono a vicenda, finché, battendosi alla cieca, il grigio ebbe un colpo di fortuna. Il nero si ritrovò col collo storto sotto il peso di entrambi, e lei sentí il rumore di una vertebra che si rompeva. Le mandibole si aprirono subito. Il nero rimase a terra ad agitarsi, non riusciva piú a rimettersi in piedi, e il grigio, con la rabbia che aveva in corpo, gli fu alla gola. Ci mise tanta forza che gli strappò via il collare di cuoio.

Era la vittima numero otto della loro fuga. Se ne andarono in fretta da lí e piú tardi lei lo aiutò a curarsi. Aveva un brutto squarcio sul fianco, proprio dove il costato finiva nella carne morbida dell'addome. Lei lo leccò e sentí che il sangue di lui non aveva un sapore diverso da quello dei cani che aveva ucciso. Leccò la ferita, la pulí dallo sporco, la leccò fino alla carne viva, ma non riuscí a farla smettere di sanguinare.

Il nono era solo un randagio, capitato al momento sbagliato tra i cassonetti dell'immondizia, e il decimo uno che aveva seguito l'odore della femmina, e avrebbe fatto meglio a restare nel suo cortile. Dieci cani innocenti, dieci maschi uccisi in pochi giorni.

L'ultima notte la passarono sotto una roccia che sporgeva abbastanza da nasconderli e ripararli. Non dormiva piú neanche lei, adesso, lo ascoltava ansimare e leccarsi la ferita e cambiare posizione, e a un certo punto in alto, nella striscia di cielo nero sopra di loro, comparve la luna. Una luna d'autunno che raggiunse il letto del fiume, la neve sulle sue rive, e la fece debolmente luccicare: la neve raccoglieva la luce che la luna mandava. Il maschio, sorpreso da quel bagliore, alzò la testa e drizzò le orecchie. Fissò la luna, fiutò, restò in ascolto come se si aspettasse una voce, qualcosa o qualcuno che lo chiamasse, ma nella notte non c'era altro che lo scorrere incessante del fiume.

All'alba erano ancora insieme tra due rive scoscese, e grossi tronchi incagliati portati giú dalle piene. Lui davanti faceva strada, zoppicava e perdeva sangue eppure ancora sembrava conoscere la destinazione, quando lei vide i cani arrivare. Erano cani da caccia, inseguivano l'odore del sangue e latravano sentendo la preda. Le passarono accanto, ignorandola. Il maschio si mise a correre con le poche forze che aveva. I segugi lo braccarono, lo spinsero a cambiare direzione. Appena uscí allo scoperto un colpo esplose in alto, da qualche parte sopra il fiume. Le zampe gli cedettero all'improvviso. Cadde e rotolò giú in mezzo all'acqua, nella corrente.

La femmina si accucciò, terrorizzata. Il rimbombo dello sparo si spense e lei alzò gli occhi a guardare lassú, verso il pendio. Sentí un fischio e i segugi partirono verso il loro padrone, sparendo com'erano arrivati. Non si mosse: era un bersaglio nitido, che sembrava offrirsi alla mira. Eppure il secondo colpo non arrivò.

Quando fu di nuovo in grado di muoversi, scese al fiume e si avvicinò al maschio riverso tra le rocce. Lo toccò con il muso, gli annusò il collo e il petto. Trovò il buco del proiettile, il sangue che scivolava via con l'acqua. Gli annusò le orecchie, la bocca, quel buon odore familiare che già svaniva. Aveva visto dieci cani morti in pochi giorni, e una settimana prima non era che un cucciolo. Ora riconosceva la morte e sapeva che il suo amante non c'era piú, che quello lí nel fiume era solo carne e ossa, come gli altri. Si guardò intorno, restò indecisa sulla direzione, poi si allontanò con le orecchie basse nel senso della corrente, da dov'erano arrivati.

Poliziotto della Forestale

Dal loro letto, nel pomeriggio, vedevano l'insegna della pompa di benzina, una luna artificiale che si accendeva sulla valle appena calava il buio. Elisabetta era sdraiata su un fianco, guardava i rami degli alberi contro quel giallo elettrico, e Luigi da dietro la accarezzava. La linea della spalla, della clavicola, il seno. Il seno di lei stava cambiando. Si faceva piú pieno con il passare delle settimane, e gli sembrava che il capezzolo fosse diventato piú spesso. Lo accarezzò con le dita sotto le coperte.

Disse: Secondo te può sentirci quando litighiamo?

Certo che può sentirci, disse Elisabetta.

Che cosa sente?

Lei sente attraverso me. Sente che io non sto bene.

E quando facciamo l'amore?

Ma certo. Anche quello.

Allora è contenta quando lo facciamo?

No, è gelosa.

Gelosa di suo padre!

Luigi percorse le costole fino alla pancia, che cominciava appena a crescere. La cicatrice sopra l'ombelico, la lieve peluria. Gli sembrava di conoscere quel corpo perfino meglio del suo.

Disse: Le bambine non sono tutte innamorate del padre?

Quello succede dopo. Se…
Se?
Se il padre fa il bravo.
Ho capito.
È già buio, ma che ora è?
Ora di andare.

A malincuore, Luigi si staccò dal corpo della moglie e si girò sull'altro lato del letto. Controllò l'orologio: le tre meno un quarto. Scostò le coperte, si mise a sedere, recuperò le mutande e i calzini da dov'erano finiti. Si alzò, nudo, nella luce giallastra, il torso pallido e il collo scuro di sole.

Andò in bagno, aprí il rubinetto del lavandino. Bevve un sorso d'acqua e sentí il sapore del cloro che ci buttavano dentro per disinfettarla. Ecco una cosa a cui non si era mai abituato. Quando tornò, con la biancheria addosso, Elisabetta aveva cambiato posizione. Era seduta contro il cuscino, i capelli rossi che le cadevano sulle spalle. Lui aprí l'armadio delle uniformi.

Lei disse: Che voglia, uscire con questo freddo.
Eh, voglia o non voglia…
Ti aspetto per cena?
Non credo. Piú tardi devo vedere mio fratello.

Indossò la maglia e i pantaloni grigioverdi. Si infilò la giacca, prese il cinturone e lo strinse al solito buco. Era nero, con la fondina sul lato destro. Sul taschino della giacca una mostrina recitava: CORPO FORESTALE DELLO STATO.

Senti, disse lei. Perché non lo porti in albergo? Glielo paghiamo noi, in bassa stagione cosa vuoi che costi?
Mio fratello in albergo?

Io non lo voglio tuo fratello in casa. Mi dispiace.

Lo so, lo so.

L'agente Luigi Balma si chinò a salutare la moglie. Ora fu lei ad accarezzarlo, lo voleva trattenere ancora un po'. Gli sistemò il colletto e gli spazzò il pulviscolo da una spalla.

Torni tardi?

No.

Mi prometti che non bevi troppo?

Ma come faccio a promettere? Ci provo.

La baciò. Il bacio di lei fu piú lungo, quello di lui piú breve. Poi la sua ombra passò rapida sulle lenzuola.

Al comando prese il Defender, allungò il sedile sulla sua misura, abbassò il finestrino e lasciò entrare l'aria gelida nell'abitacolo. Non c'era nessuno con lui quel giorno, ma a Luigi uscire da solo piaceva: non doveva ascoltare chiacchiere e poteva fumare. Si accese una sigaretta e si immise nella provinciale. Era un mercoledí come un altro e nei paesi incrociò rare auto, piú bar che cristiani in giro, i gomiti sul bancone già alle quattro del pomeriggio. La Sesia, quando la attraversò, era un solco scuro.

Dopo il ponte i fianchi della valle si fecero piú severi. L'autunno aveva ormai perso ogni colore e adesso nelle faggete, nei castagneti, nei querceti le foglie secche si accumulavano al suolo. Alzò gli occhi da quegli scheletri di boschi e osservò le creste arrossate dei tremila metri. Un bel tramonto, anche se in basso non se ne sarebbe accorto nessuno. Per l'inversione termica, nel fondovalle il fumo dei camini galleggiava tra i capannoni, l'umidità rendeva viscido l'asfalto e appannava il parabrezza, e lassú le pietraie intiepidivano al sole.

Svoltò a sinistra su una sterrata che riportava verso il fiume. Duecento metri di fango e pozzanghere. Superò il cancello d'ingresso, sentí lo stridio della sega a nastro, si fermò in un cortile dove cataste di tavole stagionavano sotto le tettoie. Smontò dal fuoristrada e aspettò che qualcuno si facesse vivo. Aggirandosi tra le cataste fu attratto da un odore: cercò il legno che lo emanava e gli venne da accarezzarlo. La resina era ancora fresca.

Alla buon'ora, disse qualcuno.

Luigi si voltò. Un uomo di una cinquantina d'anni in tuta da lavoro. Si avvicinava con il passo pesante da padrone del pollaio.

È da un pezzo che ho chiamato, disse.

Ed eccoci qui, disse Luigi.

Solo?

Sa com'è, stagione di caccia.

Il tipo gli guardava i gradi sul taschino. Forse li sapeva leggere o forse no. Non gli avevano mandato che l'ultimo della fila.

Che bel cirmolo, disse Luigi. Da dove viene?

Dall'Austria. È tutta roba austriaca questa qui.

È cresciuto in alto però. Anelli stretti.

Non saprei.

In alto e al sole.

Vuol vedere la bolla?

No, no. Mi faccia vedere il cane.

L'uomo lo condusse attraverso il capannone dove le macchine non avevano smesso di girare. La resina del cirmolo gli era rimasta tra le dita e la annusò camminando su un tappeto di trucioli. C'erano due operai che lo guardarono passare: guanti, cuffie e occhiali di sicurezza come per la visita di un ispettore del lavoro. Se è per me, pensò, potevate risparmiarvi la mascherata.

Uscirono sul retro e lí, tra gli scarti di legname, c'era un cane riverso per terra, in una macchia scura. Pastore belga, a occhio. Un maschio nero e castano. Quell'ombra tutt'intorno era il sangue che gli era uscito dalla gola.

Quando l'ha trovato?, chiese Luigi.

Stamattina quando ho aperto.

Lo lasciava qui di notte?

Eh sí, da guardia. È a quello che mi serviva.

Che cosa le rubano qua dentro?

Di tutto. Anche il legname.

E stanotte hanno rubato qualcosa?

No. Pare di no.

Luigi si chinò e allungò una mano verso il muso del cane. Era giovane, aveva bei denti bianchi. Un collare di cuoio vecchio, appartenuto ad altri prima di lui. La gola incrostata di sangue rappreso. Cercò nel pelo folto per tastare la ferita.

Me l'hanno scannato, eh?, disse il tipo.

Può darsi.

Lo so io chi me l'ha scannato.

No, quello non era il taglio di un coltello. Era lo squarcio di denti piú feroci dei suoi. Luigi tastò le spalle e il petto del cane per cercare altri morsi, ma non ne trovò. Non c'era stato un vero combattimento. Trovò in compenso due costole rotte, il bozzo dove si erano saldate male. E una zecca sotto l'ascella grossa come un dito. Si guardò intorno e fece caso alla catena, alle vaschette di plastica sporche, agli escrementi nella segatura.

Da guardia, eh? L'ha addestrato lei?

Certo.

A calci e legnate?

Scrutò l'uomo da sotto in su. Lo guardò negli occhi per la prima e unica volta: piccoli, gialli e ostili, ed era tutto quello che c'era da vedere. Si alzò, si controllò la mano. Il sangue del cane l'aveva macchiata appena.

C'è il fiume là dietro?, chiese.

Una recinzione chiudeva il cortile, una rete metallica tutta deformata. Oltre la rete, una boscaglia invasa da rovi e rampicanti.

Indovinato, disse il tipo.

Luigi si pulí la mano in uno straccio e fece le carte sul banco della sega a nastro. Qualsiasi cosa fosse convinto di sapere, l'uomo alla fine firmò una denuncia contro ignoti. Poi uno degli operai lo aiutò ad avvolgere il cane in un telo e a caricarlo sul Defender.

Con suo fratello s'incontrò quella sera in un bar di Borgosesia, vicino alla stazione degli autobus. Erano sette anni che non si vedevano: lo trovò piú asciutto, i capelli piú lunghi, due baffoni a manubrio ma sotto i baffi era ancora bello, lo era sempre stato. Lo stesso sorriso tagliente un po' sporcato dal fumo. Luigi nemmeno faceva piú caso di avere addosso un'uniforme.

Ma guarda te!, disse Alfredo.

Guarda cosa?

Ho un fratello poliziotto.

Ciao, Fredo.

Vieni qui. Non fare il duro, dài.

Suo fratello gli cinse le spalle, lui restò rigido come uno stoccafisso. L'ultima volta, Alfredo aveva appena scontato una pena di diciotto mesi e per cambiare aria se ne andava in Canada, dove cercavano gente per lavorare nei boschi. Sí, adesso sembrava proprio un tagliaboschi canadese. Era l'ultimo pezzo di famiglia che gli restava.

Ohi ohi, i fratelli Balma in azione, disse il barista. Devo chiamare le forze dell'ordine?

Sono qui le forze dell'ordine, disse Alfredo.

Cosa vi servo?

Di', ti va una specialità locale?

Come no, disse Luigi.

Due bionde e due Canadian Club, se ce l'hai.

Ce l'ho il Canadian Club. Ci vuoi il ghiaccio?

No, no. Ne ho visto troppo di ghiaccio.

Cosí adesso beveva whisky e birra: una volta si faceva una bottiglia di amaro in una sera. Aveva già la parlantina sciolta e Luigi sospettò che avesse preso la rincorsa nel pomeriggio. A lui, che non aveva cenato, il primo goccio di whisky arrivò dritto in testa. La gola bruciava ed ecco a cosa serviva la birra, ad annaffiare il bruciore e ripassare la mano al Canadian Club.

Alfredo attaccò a raccontare del suo lavoro dall'altra parte del mondo. Di recente, aveva smesso di tagliare tronchi e cominciato a trasportarli in camion, un salto di carriera. Fin giú a Vancouver, quella sí che è una città, disse. Parlava di costa e intendeva la costa dell'Oceano Pacifico. Viaggiava dai boschi delle Montagne Rocciose ai porti industriali dove i tronchi venivano caricati sulle navi, il piú delle volte per la Cina.

Cina?, disse Luigi.

Comprano tutto loro.

Non ce li hanno gli alberi in Cina?

Ma che ne so. Devi vedere le navi.

Luigi era uno che tendeva a pensare che nella vita nessuno cambiasse davvero, però sette anni erano tanti. Forse si poteva cambiare, almeno un po', in sette anni cosí lontano da casa? Fece un sorso di whisky e uno di birra, stava prendendo il ritmo, mentre Alfredo descriveva i macchinari con cui abbattevano interi versanti della montagna. Altroché motosega, falciavano via i boschi come campi di grano. E quelle strade della British Columbia con un benzinaio ogni cento chilometri e in mezzo nient'altro che laghi e fiumi. Ma guardalo lí, si disse Luigi: a dodici anni pascolava le capre a Fontana Fredda, a ventisette era in carcere per lesioni gravi, e a trentacinque guida i camion su e giú per la costa canadese. Aveva addosso un buonumore che in un bar di fondovalle in novembre era come una camicia hawaiana. Si accorse di sentire dell'affetto per lui, anche senza fidarsi che fosse cambiato.

E tu?, disse Alfredo. Non ti eri messo a lavorare il legno?

Ci ho provato.

E poi?

E poi. Tra il mutuo e le tasse era come essere derubati.

Cosí sei passato con i ladri.

Ma stai zitto, va'.

Scherzavo.

Non che mi piaccia. Lo stipendio però è una bella cosa.

Altroché. Che arma hai lí?

Una Beretta 92.

Ne ho una anch'io sul camion, sai? Una Glock. Per gli orsi.

Non me lo dire.

Con tua moglie va bene?

Va bene, sí.

E allora.

Entrava gente al bar, Luigi si accorse che li guardavano. Vide quello che vedevano loro: un forestale in uniforme e un ceffo coi capelli lunghi, quattro bicchieri scolati sul bancone. Mentre il barista serviva il secondo giro, disse ad Alfredo che andava in macchina a prendere le sigarette.

C'era una cabina del telefono dall'altra parte della strada. Ci entrò, cercò una moneta e fece il numero di casa. Elisabetta non rispose. Per un minuto Luigi ascoltò il telefono squillare a vuoto. Lo sapeva perché non rispondeva. Adesso gli toccava trovare un letto a suo fratello. Ma era presto, non erano neanche le nove. Andò in macchina, non il Defender di servizio ma il suo vecchio Suzuki, si tolse giacca e cinturone, indossò il giaccone da caccia che teneva dietro. Nascose la pistola nel vano portaoggetti. Prima di uscire dall'auto si guardò nello specchietto, si stropicciò le palpebre nella luce cruda dell'abitacolo. Mi prometti che non bevi troppo?, aveva detto lei. Gli aveva preso la mano e se l'era portata sul seno. Immaginò il telefono che squillava e lei che seduta in cucina lo lasciava squillare.

Tornò al bar, dove Alfredo stava discutendo con i due che erano appena entrati. A Luigi si accese l'allarme: suo fratello da solo al banco e i due al tavolino. Poi si accorse che erano loro a discutere, Fredo assisteva e basta. Facce che conosceva ma non avrebbe saputo collegarle a dei nomi.

Uno disse: Chiedilo a lui, se non è vero!

E l'altro: Ma piantala lí.

Luigi si diresse verso la sua birra fresca, la schiuma che traboccava. Alfredo pareva divertito dalla conversazione. Li tolse dall'imbarazzo e disse: Com'è questa storia del lupo che va in giro a far fuori i cani?

Chi l'ha detto che è un lupo?, chiese Luigi.

Mezzo cane, mezzo lupo, disse uno dei due.

Storielle da bar.

E allora cos'è?

Un puma.

Alfredo si fece una risata. Luigi spostò lo sgabello e si sedette tra lui e loro. Un vecchio riflesso.

Va be', capo, se ha voglia di scherzare...

Sarà un cane che è stato addestrato per quello, no?

Un cane da combattimento?, fece l'altro tipo.

L'hai detto tu.

In Valsesia?

Sai che novità.

Di whisky, stavolta, Luigi ne prese un bel sorso. Adesso la gola non bruciava piú. Cercò le sigarette e diede le spalle ai due che dopo un po' li lasciarono in pace.

E com'è che li fa fuori?, sussurrò Alfredo.

Luigi fece con il pollice il gesto del tagliagole.

Cani randagi?

No, no. Questo di oggi era un cane da guardia.

Però.

Una bella bestia. Pastori, guardiani.
Cani sotto padrone.
Se la vuoi vedere cosí.
È lui che la vede cosí.
Lui chi?
Alfredo sfoderò il suo sorriso storto. Aveva addosso un gilet di jeans e una camicia spessa di cui slacciò i bottoni. Si sporse verso suo fratello come per mostrargli un segreto, e liberò dalla manica la spalla sinistra: sul braccio aveva tatuata una testa di lupo. Muscoli nervosi, notò Luigi. Chissà se faceva pesi o gli erano venuti buttando giú alberi. Il muso del lupo si allungava sul bicipite, gli occhi fissavano dal deltoide, le orecchie finivano sotto la canottiera. Non uno di quei lupi spelacchiati che si aggiravano per le Alpi, magri e prudenti come ladri. Un lupo del Grande Nord, pelo folto e sguardo fiero, che lo fissava dal braccio di suo fratello.
Però, disse Luigi. Bel lavoro.
Sai chi me l'ha fatto?
Chi?
Una donna indiana.
Avete gli indiani in Canada?
Ancora qualcuno.
E quindi è lui che ce l'ha coi cani sotto padrone?
Alfredo fece sparire il braccio nella manica. Non riallacciò i bottoni della camicia. La lasciò aperta, si aggiustò sullo sgabello e accarezzò il boccale con un'aria furba.
Disse: Scommettiamo?
Cosa?
Io dico che è un lupo.

Luigi pensò: sarà lunga. Risentí il tanfo del cane morto che gli aveva impestato il Defender per tutto il pomeriggio. Cercò il whisky e non trovò che il fondo del bicchiere.

Si svegliò su un divano sfondato, avvolto in una coperta, e il primo odore che gli giunse al naso fu quello della stufa che andava. Odore d'infanzia. Avvistò il vecchio frigorifero, il lavello, la finestra sul bosco, si tirò su a sedere e la testa gli girò come una barchetta tra le onde. Era casa di suo padre, sí. Fontana Fredda. Gli tornò a galla il pensiero che a un certo punto della notte era emerso dall'alcol con il luccichio della soluzione. Sulla stufa c'era la caffettiera, e sul pavimento di legno le tracce di un topo. Non avevano piú toccato niente lí dentro. La coperta puzzava di muffa e quel topo ci aveva fatto un buco, non trovando altro da mangiare. Bell'idea del cazzo, pensò. In bocca aveva un portacenere affogato nella birra rancida. Si trascinò verso il bagno a rimettersi in sesto.

Fuori, i pascoli di novembre erano bruciati dal gelo. Solo un dito di neve all'ombra dei muretti a secco e sul fondo dei canali d'irrigazione. Le nuvole accarezzavano i boschi, si sfilacciavano in sbuffi tra gli alberi. Piú cielo che terra, intorno alla casa.

Luigi si riempí i polmoni di quell'aria. Bevve un sorso del caffè di suo padre: dopo un anno in un barattolo aveva ancora qualche sapore. Vide il Suzuki parcheggiato e Alfredo seduto sulla panca contro il muro. Pareva che non fosse mai andato a dormire. Avvolto in una coperta, fumava e osservava i due alberi accanto alla casa. Un larice e un abete, di trentasette e trentacinque anni: il vecchio li aveva messi giú quand'erano nati loro. A 1800 metri d'altezza erano cresciuti piano, adesso superavano di poco il tetto.

Luigi si avvicinò senza sedersi. Troppa intimità quella notte.

Alfredo tossí. Sputò un grumo di catarro e disse: Com'è, non mi vuole tua moglie in casa?

Ti sbagli.

Son sempre io che sbaglio.

È incinta.

Questo me l'hai detto.

Non ricordava di averglielo detto. Buio fitto dal secondo bar in poi. Comunque, credesse quello che gli pareva. Bevve un sorso di caffè e osservò il larice: aveva da poco perso gli aghi che erano sparsi a terra, color del rame. Cresceva dritto, si era liberato dei rami piú bassi e in alto cercava la luce. L'abete invece era fitto di aghi scuri, il tronco nascosto dalla chioma. Il vecchio doveva aver fatto un ragionamento sulla distanza a cui metterli giú: a quell'età i rami dei due alberi si sfioravano, tra un altro po' avrebbero cominciato a intrecciarsi.

Luigi disse: Il notaio è domattina a Varallo.

Augh, disse Alfredo.

Magari stasera ti prendo una stanza lí.

Cosí non scappo.

Ecco, bravo.

Prima me la togli una curiosità?

Come no.

Me lo spieghi cosa te ne fai di questo buco?

Luigi alzò gli occhi verso la casa. Il solaio di mattoni forati, che nessuno si era preso la briga di intonacare. Le grondaie sbilenche, le lamiere che rattoppavano il tetto. Era sempre stata cosí, da quando la ricordava.

Io e la Betta ci veniamo a vivere, disse.

A Fontana Fredda?

Con la bambina ci serve una casa piú grande. E lei è stanca di abitare giú.

Vuole abitare qui?

Ma guarda che cielo. Non si sta meglio che là sotto al buio?

Tutta la valle ai loro piedi era ancora in ombra. C'era neve sulle creste lontane e quelle nuvole stracciate nei canaloni. Odore di fuoco e di stalla e di fieno secco.

Sei matto, disse Alfredo.

Sarà.

Una bambina, hai detto?

La Betta è sicura di sí.

Se lo dice lei.

Luigi andò a posare la tazza e quei tre gradini che c'erano gli fecero tornare il mal di mare. Però doveva darsi una sveglia perché tra poco entrava in servizio. Controllò le tasche del giaccone e trovò il portafoglio, un pacchetto di sigarette stropicciato, soldi sparsi e le chiavi di casa, ma non quelle del Suzuki. Guardò sopra e sotto il divano, poi vergognandosi uscí di nuovo da suo fratello.

Le chiavi della macchina?

Sono in macchina.

Ah già. Vieni con me?

No. Me ne sto un po' qui intorno.

Sei sicuro?

È anche casa mia, o sbaglio? Ancora per oggi.

E di nuovo, da un momento all'altro, Fredo gli fece tenerezza. Magari non si alzava da quella panca perché non si reggeva in piedi, però non rinunciava a fare il duro.

Luigi disse: Se vuoi prendere qualcosa, fai pure.

Tipo?

Non so, un ricordo.

Io le darei fuoco, a questa casa.

Be', non darle fuoco proprio oggi, per favore.

Salí in macchina. Le chiavi erano nel quadro e non volle pensare a chi dei due avesse guidato fin lassú. Avviò il motore e accese il riscaldamento. Guardò nello specchietto, controllò che suo fratello non vedesse, poi si chinò ad aprire il portaoggetti. Piegarsi gli fece venire da vomitare, però la pistola era ancora lí.

Quand'era quasi arrivato al comando sentí le pale di un elicottero, guardò in su attraverso il parabrezza e lo vide che sorvolava la valle. Aveva un carico al verricello che lí per lí gli sembrò un animale. Svoltò al semaforo, entrò nel parcheggio e trovò il viceispettore con il naso per aria, accanto al pick-up infangato di un gruppo di cacciatori. L'elicottero stava scendendo di quota. Luigi lo osservò contro il cielo: l'abitacolo lucente, il cavo d'acciaio teso e un grosso cervo appeso per le zampe posteriori, le anteriori rigide davanti a sé, il palco che dondolava. Quando fu a venti metri da terra il vento delle pale spazzò le foglie secche dal parcheggio. Il vice gesticolò al pilota per aiutarlo a centrare il cassone del pick-up, e mentre il cervo veniva giú Luigi vide che era già sventrato. Aveva la pancia aperta fino allo sterno. I cacciatori gli sistemarono la testa in un angolo, il palco che sporgeva da una sponda del cassone. Sganciarono il verricello e l'animale crollò assestandosi, e dopo un momento l'elicottero era già una mosca lontana.

Allora poterono rilassarsi e festeggiare. Il fortunato era il piú giovane dei tre, la faccia liscia da bambino sopra la mimetica, e quello che gli dava grandi pacche sulle spalle poteva essere il padre. Luigi osservò il palco dell'animale: le punte bianche e consumate dalla vita nei boschi, ne contò otto per parte. Un maschio nel pieno dello sviluppo che quella mattina all'alba bramiva alle femmine in amore, e nemmeno si era accorto di chi l'aveva nel mirino.

Grane del giorno: un altro cane stecchito, ed erano arrivate le analisi delle acque del fiume. Una quantità di solventi chimici da sciogliere anche i sassi avvelenava la Sesia ben prima che arrivasse a bagnare le risaie.

In ufficio il vice stava registrando la cattura. Uno dei cacciatori disse: Allora, l'avete preso il killer dei cani?

Ancora no, disse Luigi.

E come pensate di fare?

Magari cambia valle.

Dovremmo metter su delle squadre. Lo becchiamo noi.

In elicottero?

Ehi, capo, non ha visto che bestia? O cosí, o dovevamo farlo a pezzi per portarlo giú.

E quanto vi è costato il giocattolo?

Niente.

Niente?

Un cliente che mi deve un favore.

Be', qualche salamino se lo merita.

La conversazione era appassionante ma a interromperla fu l'ispettore capo. Ispettrice, in realtà, anche se lei non voleva essere chiamata cosí. L'avevano mandata da sei mesi e le ironie per esser comandati da una donna si erano spente dopo una settimana. Si affacciò e disse: Balma, puoi venire un momento?

Luigi si passò la lingua sulle gengive, che trovò sabbiose. Andò di là, dove una carta 1:25000 era stesa sulla scrivania del capo. Gli bastò un'occhiata per riconoscere Fontana Fredda: sulla mappa dell'Istituto Geografico Militare era segnato il tracciato del nuovo impianto di risalita, che avrebbero cominciato a costruire in primavera. Non l'aveva ancora visto coi suoi occhi. Il progetto prevedeva una seggiovia, una stazione di partenza e una d'arrivo, una strada di servizio, tre piste da sci. Se ne parlava da tempo, su in Regione. Piano di sviluppo turistico integrato. Ma per il momento erano solo tratti di penna tirati da un geometra.

Tu sei di queste parti, vero?, disse il capo.

Ci sono nato.

E ci torni?

Qualche domenica.

Allora spiegami che boschi abbiamo qui.

L'ispettore indicava i terreni attraversati dall'impianto. A progettarlo ci avevano pensato i geometri, a finanziarlo i politici, ma per disboscare bisognava pur sempre passare dalla Forestale. Luigi si avvicinò alla carta. Strizzò gli occhi e il capo se ne accorse.

Vuoi?, disse, porgendogli i suoi occhiali da lettura.

Luigi li mise. Si sentiva un idiota, con quei vetri sul naso, però vide di nuovo le linee altimetriche. Posò il dito a sinistra della seggiovia, e disse: Questo si chiama Bosco di Fontana Fredda. È un bosco naturale, misto abete e larice. Le piante piú vecchie avranno duecento anni. Qui sono tutte proprietà private.

I proprietari?

Vai a sapere. Venti eredi diversi che abitano in Francia e in Belgio. Salvo quando vuoi tagliare una pianta, allora salta sempre fuori qualcuno che dice *lí è mio*.

Poi indicò il bosco a destra della seggiovia, dove passava la pista principale. Disegnava due ampie curve per il piacere di futuri sciatori. Disse: Questo invece è il Bosco Bruciato. C'è stato un incendio, all'inizio del secolo. Qui è proprietà consortile, avevano ripiantato il larice per farne un bosco da pascolo, ma gli ultimi che ci hanno pascolato li avrò visti che ero bambino.

L'ispettore capo sorrise. Probabilmente si stava immaginando l'agente Balma bambino.

Chi lo chiama Bosco Bruciato?

Mah, forse ormai solo io.

Quanti abitanti fa Fontana Fredda?

Sette. Sempre se oggi non è morto nessuno.

Be', cambieranno un po' di cose lassú.

Speriamo.

Era la sbronza che lo rendeva sentimentale. E anche quella donna con cui aveva un'istintiva confidenza. Indicò la stazione d'arrivo della seggiovia, in alto, vicino al torrente, e disse: Qui mio padre mi portava a mettere le trappole.

Trappole?

Lacci e tagliole.

Che cosa prendevate?

Volpi. Martore. Qualsiasi cosa.

Era un bracconiere?

Come tutti. Con una pelle ci campavamo una settimana.

Non le hai piú quelle trappole, eh?

No, le ho messe via.

Farò finta di crederci. E casa tua qual è?

Questa, disse Luigi. Posò l'indice su un puntino in mezzo ai pascoli. Eccola lí, alta e isolata, la casa di suo padre. Perfino a Fontana Fredda non era riuscito a vivere vicino agli altri e se l'era costruita fuori, proprio sul bordo della pista che ancora non c'era.

Passò alla Croce Bianca poco prima dell'una, l'ora in cui gli operai erano già al caffè e qualche camionista ancora entrava, attratto dal cartello scritto a mano esposto sulla provinciale. Menu fisso – primo, secondo, contorno, caffè – novemila lire. Piatti del giorno: polenta e capriolo, tagliatelle al ragú di selvaggina, trota al cartoccio con patate. Era libero il tavolino vicino alla finestra e andò a sedersi lí, anche se di fame non ne aveva e comunque gli sarebbe passata, sapendo cosa c'era in quelle trote. Non che i caprioli si abbeverassero su Marte. Prese un pezzo di pane dal cestino, piú per masticare qualcosa che per altro, e guardò il rado traffico autunnale davanti alla trattoria. Cercava di ricordare cosa avessero fatto quella notte. Gli tornavano in mente bar diversi e il lupo di suo fratello che ogni tanto balenava, finché non si era tolto del tutto la camicia per restare in canottiera. Di cosa avevano parlato? Della morte del vecchio, sicuro. Di com'era andata e dell'aspetto che aveva e di come l'avevano portato via. Della pista da sci, Alfredo non sapeva nulla e Luigi si era ben guardato dall'informarlo. Ora si chiese se lo stesse fregando. No, non lo stava fregando. Fredo non era tornato nemmeno per il funerale. Se avesse voluto fregarlo l'avrebbe lasciato là in Canada e si sarebbe tenuto la casa, anziché offrirgli cinque milioni per metà di quel buco. Soldi piovuti dal cielo, doveva solo venirseli a prendere. Luigi si sentiva, se non onesto, almeno piú onesto che poteva.

Incendi: ecco di cosa gli aveva parlato a un certo punto. In Canada pure gli incendi erano qualcosa di enorme. In Valsesia invece era tutto piccolo, e lui seguí con lo sguardo un trattore che dalla provinciale svoltava in una stradina tra i campi, il cartello di divieto di transito perforato da una fucilata.

Chi non muore si rivede, disse Elisabetta.

Ehi, disse Luigi.

La trovò di gran lunga la cosa piú bella di quel giorno: anche con il grembiule e la scritta «Campari Soda», il blocchetto delle ordinazioni in mano. Allungò la sua e le accarezzò un fianco, appena appena, perché sapeva che lí dentro lei non voleva smancerie. Elisabetta non ricambiò la carezza.

Che cosa ti porto?

Come sono quelle patate?

Al forno.

Allora, patate.

E?

Una birra.

Però. La colazione dei campioni.

Segnò patate sul suo blocchetto e sparecchiò l'altro posto al tavolo. Lui la osservò portare l'ordine in cucina, andare al banco a spillargli la birra, tornare in cucina a ritirare il piatto. Dopo una notte con suo fratello, gli sembrava incredibile avere una moglie cosí. Gli operai le facevano la radiografia tutte le volte che passava.

Elisabetta lo serví e si sedette davanti a lui.

Disse: Ti vedo, stasera?

Luigi si strinse nelle spalle.

Fino a domani devo star dietro a mio fratello. Lo sai com'è.

Dov'è che l'hai lasciato?

Fontana Fredda. Se non è già sceso a piedi.

Avete dormito lassú?

Dormito…

Ma non ci pensi a me, che mi preoccupo?

Le era scappato di alzare la voce e qualcuno li guardava. Luigi restò in silenzio, allungò una mano al centro del tavolino. La aprí come un'implorazione. Lei la guardò un po' combattuta, poi si arrese e gli porse la sua. Le strinsero e cosí lui le disse che gli dispiaceva, e lei che non era capace di tenergli il muso.

Hai tanto da fare, oggi?

Il solito. Cani morti da ritirare e piazzola di sosta.

Lui sentí che lei stringeva piú forte. La mano era un po' sudata, come quando Elisabetta si agitava.

Gli disse: Io li ho visti, sai?

Chi?

I cani.

Quali cani?

Non è un cane solo. Sono due.

Ma dove, li hai visti?

Al fiume.

Al fiume?

Luigi si raddrizzò sulla sedia. Le tenne la mano e si fece attento.

Lei disse: Stamattina mi è venuta paura perché non eri tornato. Allora sono andata lí, al nostro vecchio posto. Ci vado quando ho bisogno di calmarmi. Sono entrata nell'acqua e a un certo punto ho visto questi due cani che mi guardavano.

Luigi si immaginò sua moglie, incinta, che entrava nelle acque gelide e inquinate della Sesia. Da quanto tempo lo faceva? Preferí affrontare l'altra questione che gli pareva piú semplice.

Com'erano questi due cani?

Una era una femmina. Piú piccola, bianca. Il maschio era grosso e grigio. Lei aveva il collare, lui no.

Poteva essere un lupo?

Non so.

Un campanello suonò in cucina ed Elisabetta si voltò. Arrivo, disse. Lasciò la mano di Luigi.

Come, non lo sai?

Scusa, come lo riconosci un lupo?

Lo riconosci, credimi.

Ma cambia tanto poi?

Eh, sí che cambia.

Lei ci pensò. Cercò di rivedere la scena intanto che Luigi rifletteva. Lui si disse che cani e lupi non se ne vanno a zonzo insieme, da che mondo è mondo. E i lupi girano di notte, i cani di giorno. A meno che tutto non fosse ormai sconvolto come i cervi che volano.

Io credo che sia un cane, disse lei.

Meglio, disse lui.

Devo andare.

Elisabetta si alzò. Gli diede una carezza rapida su una spalla. Luigi aveva la gola riarsa ma aspettò di essere solo per prendere il bicchiere. Poi se ne scolò metà in un sorso. La birra andò direttamente a finire dove c'era bisogno di lei.

Era piccola, la sua valle, eppure c'erano ancora posti che non aveva mai visto. Sceso dall'argine, lasciò andare avanti l'uomo e osservò il paesaggio di pioppi e betulle, una conca dove la Sesia faceva un'ansa, tra i banchi di ghiaia modellati dalla corrente. Adesso che era in secca, il fiume si diramava creando isolotti e spiagge. Gli venne in mente che dieci anni prima ci avrebbe portato Elisabetta a fare il bagno, ma per i bagni nel fiume c'era una stagione, nella vita, che poi chissà perché passava. Poi veniva la stagione dei figli, delle case da comprare e ristrutturare, dei vantaggi di un lavoro salariato. Qua e là una crosta di neve copriva la sponda, e nella neve, seguendo l'uomo, Luigi trovò il sangue di quel giorno.

Il rottweiler aveva la gola squarciata, come gli altri cani. Ma a differenza degli altri si era battuto, aveva ferite vistose sulle spalle e il muso. Anche la bocca era piena di sangue che forse era il suo, o forse no: questo cane poteva averlo azzannato, il suo assassino. La lotta si era svolta in pochi metri di neve smossa. Breve e violenta, tra il gorgogliare dell'acqua e le betulle.

Luigi raccolse il collare lacerato dal morso. Ce ne voleva, di forza, per spezzare il cuoio.

Lei ha visto la scena?, domandò.

No, disse il tipo. Siamo arrivati tardi.

Che cosa ci facevate, qui a spasso con questo cagnone?

Quello che non fate voi.

Era un uomo che aveva pianto e Luigi non volle infierire. Lo lasciò lí, con il suo cane morto, e seguí le orme dell'altro che si allontanavano nella neve. Risalí il fiume per un tratto, mettendo insieme i segni che leggeva: era un cane di media taglia, non un colosso. Sanguinava e zoppicava. Dovevano ringraziare il rottweiler che c'era rimasto secco ma aveva semplificato il lavoro. Dopo un centinaio di metri delle impronte piú piccole si affiancavano alle prime, e Luigi ripensò al racconto di Elisabetta. Questa era la femmina bianca. Le orme della femmina seguivano quelle del maschio e il sangue che lasciava. Finché entrambe guadarono verso l'altra riva e Luigi si fermò a osservare davanti a sé.

Il fiume a monte si infossava nella valle, si restringeva e si faceva torrentizio. Le sponde diventavano scoscese e non davano piú tante vie di fuga. Era dura, per un animale ferito. Per un buon cacciatore non sarebbe stato difficile tirarlo fuori di lí.

Mentre scendeva per la provinciale vide una moto senza targa parcheggiata fuori da un bar. Il piede si spostò da solo sul pedale del freno. Era il Fantic bianco e rosso, il trial che usavano da ragazzi nei campi, in disarmo da anni nella stalla del vecchio. Ci aveva provato anche lui, qualche volta, a pulire il carburatore e cambiare la candela, ma non era mai stato un granché come meccanico. Era Fredo ad avere il tocco. Luigi non aveva alcuna voglia di farlo ma dovette accostare, scendere dalla macchina, prendere un bel respiro ed entrare in quel cazzo di bar.

Oh, il fratello buono, disse qualcuno.

E qualcun altro: Te l'avevo detto che arrivava.

Riconobbe il tipo che chiamavano Johnny, al banco coi gomiti ben piazzati. Accanto a lui, niente meno che René delle Piode. Alfredo chiudeva la fila davanti a un bicchiere di Baileys: aveva il fisico, suo fratello, questo doveva ammetterlo. Alle quattro del pomeriggio non era ancora rimasto in canottiera, però se ne andava in giro con un'accetta nella cintura.

Hai resuscitato il Fantic, gli disse.

Me l'hai detto tu, di prendermi un pensierino.

Sí, ma sei senza targa.

Solo fino a domani. Tempo di andare dal notaio, eh?

Alfredo gli fece l'occhiolino e i due soci ghignarono. Ci fu una battuta che Luigi finse di non sentire.

Disse: Vieni un momento con me, che ne parliamo?

Ma certo.

Se lo portò fuori dall'uscita di servizio, una porta con la tendina per le mosche. Si ritrovarono in un cortile di campagna: sul davanti il locale aveva l'insegna da pub irlandese e il logo della Guinness, sul retro un pollaio, due sacchi di mangime, la vecchia latrina che ancora faceva da cesso al bar.

Allora, disse Luigi, non riesci proprio a star calmo per un paio di giorni? Che cosa ci fai con quell'accetta?

Ci sono affezionato, disse Alfredo.

Non puoi andare in giro cosí. Ti metti nei guai.

Pensavi che non l'avrei saputo, della pista?

Quale pista?

Lo sai quale.

Te l'hanno detto loro?

Il fratello buono!

Alfredo scoppiò a ridere. Luigi si accorse di avere il cuore su di giri. Sarebbe stato un pessimo giocatore di poker, incapace di bluffare. Cercò le sigarette, batté il pacchetto sul dorso della mano, ne spuntarono fuori due.

Alfredo ne prese una e se la cacciò tra le labbra. Si godette quel momento di rivalsa, il rossore sulla faccia di suo fratello. Poi disse: Guarda che non me ne frega niente, puoi tenertela la casa. Te la meriti. Mi spiace solo che mi racconti balle.

Che balle ho raccontato?

Che cosa ci vuoi fare per davvero? Un baretto sulle piste? O te la rivendi subito?

Non la vendo. Io e la Betta ci andiamo a vivere.

E poi?

Ancora non lo so.

Ma sí, ti vedo bene. Un bel bar sulle piste. Dài che ti sistemi.

Luigi lo fece accendere e lo guardò in faccia. Alla fiamma dell'accendino, Fredo aveva la fronte lucida e le pupille dilatate. Chissà da quanto stava bevendo, non aveva piú smesso dalla sera prima. O forse da quella prima ancora.

Hai ritrovato i vecchi compari, disse Luigi.

Quelli che non sono morti.

Programmi per la serata?

E ancora ti preoccupi. Ci vengo dal tuo notaio, stai tranquillo.

Non vuoi che ti porti in albergo?

No.

Fumarono. L'agente Balma adesso si sentiva del tutto disarmato. Le quattro di pomeriggio, suo fratello ubriaco da due giorni, un'altra notte di novembre che calava. Una parte di lui desiderava solo levarsi la divisa di dosso e piazzarsi al bancone con quei tre.

Lo sai cosa vorrei, invece?, disse Alfredo.

Cosa?

Un bell'abbraccio da mio fratello. O anche fare a pugni, scegli tu. Ma qualcosa di vero.

Con quegli occhi pieni d'alcol, Fredo lo fissò. Occhi stravolti, ma non feroci. Occhi di un uomo piú onesto di lui. Per fortuna in quel momento uscí un tizio a pisciare e Luigi poté distogliere lo sguardo.

Quella sera gli toccava un turno da vero sbirro, con il viceispettore in piazzola di sosta al casello di Romagnano. Non male, per uno che aveva guidato ubriaco tutta la notte. Però lí all'uscita dell'autostrada non cercavano gli ubriachi, cercavano i rifiuti tossici che avvelenavano il fiume: a meno che non piovessero dal cielo, da qualche parte dovevano pur entrare.

Un camion passò il casello, trasportava inerti da cantiere e il vice gli mostrò la paletta di segnalazione. Frenò con un sibilo, scalò di marcia, accostò dietro al Defender come un pachiderma docile. Veniva dalla provincia di Milano, diretto in discarica. Ne fermavano parecchi cosí: in città demolivano le fabbriche e nelle valli arrivavano tonnellate di macerie da smaltire. Mentre il vice controllava la bolla, Luigi si arrampicò sul cassone dalla sponda laterale. Accese la torcia, se la ficcò in bocca e la puntò sul carico. Cemento, mattoni, conglomerati, per quel che poté vedere, tutto frantumato in un miscuglio grigio, insieme alle sostanze assorbite in decenni di produzione. Usò i guanti per riempire tre sacchetti di plastica che poi avrebbe etichettato e mandato in laboratorio. Le macerie invece finivano nelle cave della valle, esaurite e trasformate in discariche: la ghiaia e la sabbia tornavano da dov'erano venute, solo un po' piú sporche di prima, proprio come gli operai disoccupati davanti al bicchiere. Luigi saltò giú dal cassone, mise via i campioni e lasciarono andare quel povero camionista, che moriva di sonno.

Alle sette la radio del Defender gracchiò, e il vice rispose. Erano i carabinieri di Alagna che chiedevano supporto. Là in alta valle avevano un ferito grave, steso sul pavimento di un bar con il cranio sfondato. Vivo, almeno per il momento. Lo stavano portando via in codice rosso. L'aggressore era un uomo sulla quarantina, identità ignota, avvistato mentre fuggiva su una motocicletta.

Da quanto tempo è partito?, chiese il vice.

All'incirca un quarto d'ora, disse la radio.

La targa?

Non c'è la targa. È una moto da cross bianca e rossa.

Con cosa l'ha aggredito?

Un'accetta da taglialegna.

Cristo, pensò Luigi.

Si mise lui al volante, non ci fu bisogno di discutere: lasciò il casello dell'autostrada, accese il lampeggiante e imboccò la provinciale, che in quel tratto tagliava la pianura. Sul rettilineo accelerò fino ai novanta chilometri all'ora. Ce n'erano sessanta per Alagna, li conosceva uno per uno, e meno della metà per arrivare a Varallo prima di quella moto. Lí la strada si diramava in troppe direzioni per sapere quale avrebbe preso. Ma da Varallo in su ce n'era una sola, vicolo cieco: con un singolo posto di blocco controllavi tutta la valle.

Un'accetta in testa, disse il vice, questa ci mancava.

È perché non c'eri ai vecchi tempi.

Ah sí? Che cos'è, un gioco tradizionale?

Piú o meno.

Correre gli imponeva pensieri semplici. Lasciar passare quella coppia di fari, allargarsi a sinistra, superare un camion, rientrare. Controllare che di là si fermassero e tirare dritto al semaforo. Serravalle, Borgosesia, il ponte sul fiume. E intanto: fa' che non muoia, fa' che non muoia. Un tentato omicidio non è un omicidio. Se quell'accetta non gliel'ha data giú di taglio, può anche passare per lesioni. Fredo la sapeva maneggiare un'accetta. Se avesse voluto ammazzarlo, l'avrebbe ammazzato.

Il Fantic arrivò a fari spenti, la lampada era fulminata da anni. Nel tratto buio poco prima di Varallo gli sfrecciò accanto come uno sberleffo. La faccia di suo fratello illuminata per un istante: tempo che l'occhio inviasse l'immagine al cervello ed era già passata. Il piede pestò sul freno e il braccio tirò giú il volante.

È quello?, disse il vice aggrappato alla maniglia. Luigi nemmeno gli rispose. Uscí sui prati e sterzò a sinistra e sobbalzando rientrò in carreggiata nella direzione opposta. Perso l'attimo, aveva due o trecento metri da recuperare.

Adesso sí che erano fratelli. Fredo in testa, basso sul manubrio, i capelli nel vento, e Luigi col piede sul gas e il lampeggiante acceso. Giú per la loro valle, su una strada che avrebbero potuto fare a occhi chiusi. Volevi qualcosa di vero? Eccoti qualcosa di vero.

Sulle curve il Fantic se la cavava, ma come la valle cominciò a spianare il Defender guadagnò terreno. Quel rottame non ci arrivava ai cento all'ora. Adesso ce l'aveva nel cono dei fari, distingueva la schiena di Alfredo; e quando Alfredo si sentí addosso anche il blu del lampeggiante, decise di cambiare strategia e si buttò a destra al primo slargo. Luigi lo seguí in un parcheggio di camion, poi nella stradina sterrata tra due capannoni. Oltre i capannoni, in mezzo ai campi, si addentrarono nell'oscurità.

Ma come fa a guidare al buio?, sentí chiedere al vice.

È cosí sbronzo che ci vede, pensò a bocca chiusa.

La sterrata finiva al limitare di una boscaglia, era di nuovo la macchia che costeggiava il fiume. Diventava un sentiero dove Alfredo passò, Luigi invece fu costretto a fermarsi. A destra e a sinistra aveva i campi, davanti quel bosco. Fine della corsa.

Cazzo, disse il vice.

Ma in fondo era la scusa che Luigi aspettava per lasciarselo scappare. Accese gli abbaglianti e riuscí ancora a intravedere suo fratello che spariva tra gli alberi. Ciao,

Fredo. Pensò che era l'ultima volta che lo vedeva, poi inserí la retro per tornare al comando.

Era di nuovo seduto davanti a birra e whisky, quella notte, quando si ricordò degli incendi di cui Alfredo gli aveva raccontato. In chissà quale bar della valle, o forse in macchina, ormai in quel luogo al di là della sbronza, un luogo di assoluta presenza e lucidità, solo in un'altra dimensione. Era lí che si poteva guidare al buio. E mentre suo fratello raccontava, lui vedeva: vide la foresta canadese in fiamme, la vide bruciare per tutto l'autunno, finché non arrivava la neve a coprire il fuoco. Neve abbondante da novembre ad aprile. Un inverno di sei mesi, lassú al Nord. Eppure anche tutta quella neve lo soffocava senza spegnerlo, aveva detto Fredo, e sai perché? Perché l'incendio era entrato cosí in profondità che il terreno stesso era in combustione, quell'humus di torba, foglie, legno marcio, profondo due o tre metri sotto la foresta, era diventato brace sotto la cenere. Addormentata, ma non del tutto spenta. Luigi la vide pulsare lentissimamente: e nello stato in cui si trovava vide che la foresta era lui, il fuoco era dentro di sé, la neve era il suo matrimonio. Era la pelle bianca di Elisabetta e la pace che gli dava. Poi suo fratello gli raccontò del disgelo, che lassú in Canada non arrivava che in maggio inoltrato. Allora la brace tornava in superficie, nera, umida, in apparenza morta. Ma non era morta. Finché un giorno si alzava il vento della primavera. Fiuuu!, fece Fredo, soffiò su di lui e diede fuoco a tutto.

Passare l'inverno

Mio fratello se n'è andato a lavorare e mi ha lasciato solo, nella casa dove nostro padre si è ammazzato un anno fa. Io non c'ero, ai tempi. Ero nei boschi della British Columbia a buttare giú piante sei giorni la settimana. Una domenica torno in città e mi telefona mio fratello, era un po' che mi cercava: dice che papà si è sparato alla testa con il fucile, il suo famoso calibro 12, dopo che in ospedale gli avevano scoperto un cancro a qualche organo vitale. Fegato, credo. O forse il pancreas, non mi ricordo. Comunque, sono stato lí un momento a immaginarmelo. Ho immaginato papà che prendeva il fucile, lo caricava, se lo rigirava in mano, se lo piazzava sotto il mento. Dov'è successo?, ho chiesto. Nel prato davanti a casa, ha detto mio fratello. L'hai trovato tu? No, ha detto, mia moglie. Il funerale l'abbiamo fatto ieri, sono quattro giorni che ti chiamo.

Un anno fa non sono tornato, tanto ormai a cosa serviva, ma da allora mio fratello ha cominciato a telefonarmi, come se si fosse ricordato di essere il fratello maggiore. Come va?, mi chiedeva. Alla grande, dicevo. E poi un minuto di silenzio tra la Valsesia e la British Columbia, lungo come l'oceano che c'è in mezzo. Finché ha sputato il rospo e mi ha proposto di comprarmi la mia metà di questa casa, che io nemmeno pensavo potesse valere qualcosa. Cinque milioni tondi, meno il prezzo del biglietto aereo, per fare una vacanza in valle e una firma dal notaio.

Qui in giardino ci sono questi due alberi che papà ha piantato quando siamo nati noi. Tutt'e due in autunno, nel '57 e nel '59. L'autunno doveva essere un buon momento per fare figli e di certo lo è per trapiantare alberi, è quando finisce la stagione vegetativa e a strapparli dalla terra gli rompi meno le scatole. Poi dormono, a modo loro, cosí hanno tutto l'inverno per riprendersi, e se nevica è anche meglio, è come stare sotto le coperte. Se dio vuole in primavera si risvegliano e cominciano a succhiare dalle radici, a mettere le foglie nuove, e ad ambientarsi là dove non erano nati, ma adesso gli tocca vivere. Quello che non so, e che non ho mai chiesto a papà, è perché quella volta abbia scelto il larice per mio fratello e l'abete per me. Eravamo troppo piccoli perché vedesse qualcosa in noi, perciò forse era solo un intuito da parte sua. O chissà, una benedizione. Tu, larice, sei destinato a crescere al sole, a tirarti su in alto, duro e fragile, e ondeggiare nel vento. Tu, abete, invece crescerai ombroso, ma forte e resistente, protetto dagli aghi anche in inverno, adatto al gelo. Questo sono io.

Sicuro che mio fratello il fucile se l'è già fregato, cosí mi aggiro per questa stamberga in cerca di qualcosa da bere. Giú in cantina non c'è piú un goccio di niente, solo le patate che hanno messo i germogli. Apro l'armadio, il frigo, i mobiletti, finché non trovo una mezza bottiglia di grappa dentro una pentola. Da chi la nascondeva, papà? Mi sciacquo una tazza impolverata nel lavello, verso il caffè e lo correggo ma non sento l'alcol, come se la grappa avesse poca gradazione. Annuso la bottiglia, la assaggio, è ancora lei ma sembra svanita o magari annacquata. Ne verso nel caffè una bella dose. Il caffè diventa forte come serve a questa mattinata. Butto un ciocco nella stufa e mi chiedo chi abbia spaccato questa legna: è qui da un anno o mio fratello viene ogni tanto a dare una scaldata? E le patate? Penso a papà che tira su le patate poco prima di spararsi un colpo. Il periodo doveva essere quello.

Guardo fuori, nel campo il sole sta sciogliendo la brina. Anche i ricordi si ammorbidiscono, con il tempo. Adesso che lui non c'è piú mi sono dimenticato di tante altre cose e me lo ricordo solo come un uomo triste. Intristiva insieme a questo posto, papà. In Canada riconosci le case degli indiani perché in giardino hanno le macchine scassate, una roulotte dove qualcuno va a sbronzarsi, i vecchi copertoni, due o tre bambini sporchi. Erano lupi, sono diventati dei cani randagi. Non c'è niente che puoi dargli in cambio di quello che hanno perso, né le riserve grandi come la Valsesia né la licenza di caccia libera, qualcosa in loro è morto per sempre. Papà era proprio cosí: da Fontana Fredda la gente se ne andava ed era lui che veniva abbandonato, un pezzo del suo cuore sprangato e lasciato al gelo, la gramigna che cresceva nei campi incolti del suo spirito.

Mi verso un'altra tazza di caffè e grappa. Faccio il giro da fuori per andare in stalla. Ci trovo le tagliole per le volpi e le racchette da neve con cui andavamo a piazzarle. L'imballatrice a cui papà tirava le sue bestemmie e il frigorifero rotto in cui teneva viti e chiodi. Trovo anche la motosega, la vecchia Stihl, sempre lei: solo che un topo è riuscito a rosicchiare il tappo del serbatoio, e c'è morto dentro. Attratto dall'odore dell'olio e affogato nella benzina. Allora prendo una delle accette appese al muro, in fondo è giusto cosí. Torno fuori, poso la tazza sul ceppo della legna, mi sputo sul palmo delle mani e comincio a darci dentro con quell'albero.

Non mi accorgo che mentre batto e ribatto arriva qualcuno, è la vecchia Gemma che passa con la carriola del letame.

Alfredo, mi fa, e mi fermo un momento. La guardo. Lei posa la carriola. Sei tornato?

Solo per oggi, Gemma, dico io.

Ma cosa fai?

Legna per l'inverno.

L'ha messa giú tuo padre, quella pianta.

Non le rispondo piú e vado avanti a lavorare. Non è mica un gran tronco, poi. Trentacinque anni, trentacinque anelli di crescita, gli anni sottili e gli anni spessi, fortune e sfortune. Prendo il ritmo, mi scaldo, il legno è morbido e la lama affilata. Pochi minuti e piazzo il colpo di grazia. Gemma è ancora lí che guarda quando l'abete s'inclina e va giú, senza fare nemmeno tanto rumore.

È per non finire come quel topo che a sedici anni ho mollato papà e sono andato a lavorare nei cantieri. Prima da manovale, poi ho trovato René che mi ha insegnato a posare le lastre di pietra dei tetti. Piode, le chiamiamo da noi. Oggi la gente ci cuoce le bistecche, un tempo invece ci coprivano i tetti delle case, e qui le case tradizionali sono protette dalle belle arti, per cui il lavoro era assicurato. Le piode vanno cambiate, di tanto in tanto. Non lo sa fare piú nessuno. È una roccia scistosa, vale a dire che si sfalda in scaglie, e piú le lastre sono sottili e leggere, quel che serve per stare su un tetto, piú sono fragili, si spaccano come niente. Con René passavamo sui tetti otto mesi l'anno, mezzi nudi, arrostiti dal sole. Da marzo a novembre, su per giú. Gli davo una mano e intanto imparavo come scegliere la pietra, modellarla con la mazzetta, bucarla col trapano per metterci due tasselli, il tutto senza mandarla in frantumi. Era un mestiere che mi piaceva ma poi c'erano gli altri quattro mesi, quelli al pianterreno. René aveva i suoi modi per passare l'inverno, piú che altro la caccia e il bar. E io dietro, da bravo.

Scendo a valle come in una di quelle mattine. Mi sono appeso l'accetta alla cintura e ho fatto ripartire la moto che usavo allora. Quando avevo vent'anni i caramba chiudevano un occhio sulla targa: ero un operaio che andava al lavoro. Oggi invece sono un emigrante che è tornato a casa e mi fermo allo Sporting anche se è novembre, il campo da tennis è coperto da un telone di plastica e in mezzo al telone una grossa pozzanghera riflette il cielo.

Saranno neanche le dieci di mattina, ma chi ti trovo lí al bancone con un bianco davanti al muso? Sembra ieri.

Oh Fredo, mi fa René, ti hanno rilasciato?

L'arredamento è d'epoca, dico io.

Va' che attrezzo che hai lí, ti ci vuole il porto d'armi.

Mai come il tuo.

Brindiamo all'amicizia e, come succede da queste parti, nel giro di poco da due siamo in tre, e da tre diventiamo quattro. Il terzo non lo conosco. Il quarto, detto

Johnny, è uno con cui sono finito in caserma nel Natale dell'85. Una sera avevamo sfasciato una discoteca e qualche sedia sulla schiena di certi turisti, dei milanesi che erano qui a sciare e poi si sono fatti la vacanza in ospedale. Non li sopportavamo, o magari c'entravano le ragazze, chi se lo ricorda. Ci hanno portati dentro. Nella notte, cercando di spiegare le mie ragioni al maresciallo, gli ho detto che loro venivano da Milano e io da Fontana Fredda, un paese di venti anime a 1800 metri d'altezza, e cosí mi sono beccato il soprannome che mi accompagna.

C'è Milleotto!, dice lui.

Ciao, Johnny, dico io.

Tutti a lavorare, eh?

Qualcuno deve pur farlo, dice René.

Johnny beve una volta con noi e intanto comincia a spifferare di una certa battuta di caccia, chiamiamola cosí, di cui ha sentito in giro. Fissata proprio per stamattina presto, a quanto pare, non lontano da qui. Dice e non dice e non so chi sta prendendo per il culo, il che di solito significa che quello preso per il culo sei tu. Poi mi ricordo dei cani morti e afferro la questione, chiedo: Di che caccia stai parlando, Johnny? Caccia al lupo?

O al cane, fa quello di cui non ho capito il nome.

Com'è e come non è, dieci minuti dopo siamo tutt'e quattro sul pick-up di qualcuno, diretti da qualche parte. La giornata è grigia ed elettrizzante. Tipica mattina d'autunno nella mia valle.

Dopo il Fior di Roccia lasciamo la provinciale. Prendiamo una sterrata che scende, capisco dove andiamo e quando intravedo l'acqua il cuore mi si stringe. Se ti sei abituato ai fiumi canadesi, se hai buttato giú piante lungo il Fraser o pescato salmoni nel Kootenai, rivedere la Sesia dopo sette anni fa tenerezza, è un torrente da ragazzini. Mentre la risaliamo, mi viene in mente di quando papà ci portava ad acchiappare le trote di frodo. Metteva in un barattolo un pezzo di carburo, di quelli che una volta si usavano nelle lampade ad acetilene, faceva un buco nel coperchio e lo buttava in una pozza. Quando il carburo entrava in contatto con l'acqua, produceva l'acetilene e il barattolo esplodeva. Non lo faceva per sport, papà: poi ci mandava a vendere le trote nei ristoranti dei dintorni, e quelli ce le compravano volentieri. Come compravano il camoscio o lo stambecco le rare volte in cui ne beccava uno.

Oggi di acqua non ce n'è, quando guadiamo arriva a malapena al pianale. La osservo in cerca di un guizzo, di un'ombra che fili via. Se io fossi una trota me ne starei proprio là, in quella buca piú scura e profonda. Seguiamo una traccia di pneumatici, ci facciamo sballottare ancora un po', finché troviamo due fuoristrada parcheggiati tra le frasche e scendiamo anche noi, però rivedere il fiume mi ha messo malinconia.

Johnny e quell'altro proseguono a piedi in cerca dei cacciatori. Io dico che resto a guardare la macchina, René che non ha voglia di scarpinare: e quando quelli sono partiti fruga nel cassone, apre una scatola della cantina sociale, tira fuori una bottiglia e prende un cacciavite dagli attrezzi sotto il sedile. Vedo che è un metodo consolidato.

Non fai prima a tenerci un cavatappi?, gli chiedo.

Me lo dimentico sempre, dice lui.

Tira aria sul letto del fiume e mi viene voglia di accendere un fuoco. Davanti alle macchine c'è una betulla stesa a terra, rinsecchita. Prendo l'accetta dalla cintura, taglio rami e rametti e li ammucchio contro il tronco, sulla sabbia. Sento René che stappa. Con l'accetta a mo' di pialla spelo la corteccia bianca, viene via in strisce sottili che cadono arricciandosi. Ne raccolgo una manciata, la sistemo sotto i rametti e do fuoco con l'accendino. Si alza un filo di fumo, una fiammella. Poi i rametti cominciano a crepitare e René arriva a passarmi la bottiglia.

Allora, com'è questo Canada?, mi fa.

Troppo grande, dico io.

Una donna ce l'hai?

Ma va'.

Non ce ne sono di ragazze in Canada?

Poche. Se proprio hai bisogno, vai in città.

Be', tutto il mondo è paese.

Faccio un bel sorso di Gattinara, lo sento andar giú a scaldarmi lo stomaco, guardo il fuoco che prende vigore. No, il mondo non è tutto un paese. Dico: Una volta ho voluto vedere dove finiva il Canada. Ho steso un materasso nel cassone e ho cominciato a guidare verso nord. Si viaggia cosí lí, sai?

Bello, dice René.

Ho fatto una strada che si chiama Klondike Highway. Duemila e fischia chilometri fino a Dawson City. Solo laghi, boschi, orsi e alci che quando passi non ti guardano nemmeno.

Il Klondike non è in Alaska?

No, è in Canada. Ma a Dawson non è mica finita, lí parte un'altra strada, la Dempster. Tutta sterrata. Altri settecento chilometri di buche e fango verso nord. A metà, superi il Circolo Polare.

Settecento chilometri di sterrata?, fa René.

Eh sí.

E com'è il Circolo Polare?

C'è la tundra. Non è un vero bosco, solo questi alberelli nani. Muschio. Grandi vallate e pompe di benzina. Quando incontri un fiume, aspetti il traghetto che ti porta dall'altra parte.

Gli passo la bottiglia. René fa un sorso senza smettere di guardarmi. Vuole sapere dove finisce il Canada.

E in fondo a tutta quella strada sai cosa c'è? Un posto. Inuvik, si chiama. Non ci puoi credere che qualcuno abiti lassú. Le case sono palafitte costruite sul permafrost. E davanti il Mar Glaciale Artico, e piantati in mezzo al mare i pozzi di petrolio.

Palafitte?

Sí. L'ufficio postale è una palafitta, la chiesa è una palafitta e il bar è una palafitta. Sono entrato a bere una volta. Fine del Canada.

René non parla piú, forse perché sta cercando di immaginarselo. O magari cerca di ricordare qual è il posto piú lontano da casa in cui sia mai stato: Ibiza, mi pare. Ci passiamo la bottiglia. A me tornano in mente quei giorni sulla Dempster in cui il buio non veniva mai. Era estate, anche se lassú è estate per modo di dire, e il sole calava verso nord con questo tramonto infinito, restava appeso all'orizzonte per ore. Finché diventava un'alba e il sole risaliva. Ho passato una notte nel cassone del pick-up a guardare il cielo dal sacco a pelo, e mai come quella volta ho pensato: a questo mondo non gliene frega davvero niente di noi. Di me, no sicuro.

René beve e fissa il fuoco. Vedo un movimento lungo il fiume.

Non l'hanno preso, dico.

Come?, fa lui, risvegliandosi.

Il lupo. Non l'hanno mica preso, guarda.

I cacciatori arrivano giú dal bosco, hanno le mimetiche e i fucili. Un paio di cani al guinzaglio. Uno parla a voce alta infilando una bestemmia in ogni frase. Mi sa che per stamattina gli basta e possiamo andarcene a mangiare.

Trattoria Alpina da Anna. Il salamino di camoscio consola i cacciatori. Il buon rosso della valle scioglie la lingua a Johnny.

Milleotto, mi fa, tu che dici? Lupo o cane?

Per me è un lupo, dico io.

E dove sta andando di bello?

Sta tornando a casa.

Sentite, sentite!, grida. Milleotto ha una teoria.

Non gli rompere i coglioni, dài, fa René.

Te li rompo?

Ma no, figurati.

Allora, dov'è casa sua?

Indico il soffitto con gli occhi. Johnny segue il mio sguardo.

Al piano di sopra?, mi fa.

Proprio lí.

E noi cosa dobbiamo fare?

Lasciatelo andare.

Mi guarda. Lo guardo. Sulla mia faccia credo ci sia scritto che sí, mi sta rompendo i coglioni. Allora sceglie la prudenza, si volta verso la tavolata e passa a romperli a qualcun altro.

René mi stava raccontando qualcosa che mi interessava. Vai avanti, René, dico.

Lui morde il salamino con i molari. Gli incisivi se li è persi da giovane stappando le birre coi denti. Dice: I soldi ce li mette la Regione, non è mica un'azienda privata. Per loro è valorizzazione del territorio. Per noi, posti di lavoro garantiti. Si comincia con una seggiovia, ma poi chissà.

Quanta gente assumono?

All'impianto in sé, una decina di persone. Macchinisti. Gattisti. Il tipo che ti dà la mano per scendere dalla sedia. Ma in piú calcola il noleggio, la biglietteria. Ci vorrà almeno un bar, no?

Se non due.

Ecco. Saranno trenta posti di lavoro?

A Fontana Fredda!

Non vuol dire mica. Guarda Cervinia. Lo sai cos'era prima?

No, dico.

Era un prato con due alpeggi e una chiesetta. Solo che là hanno fatto un errore, hanno venduto tutto a della gente di via. Gli sembrava un affare, sai com'è. Hanno venduto i terreni al prezzo dei pascoli, e poi si sono ritrovati gli hotel a cinque stelle.

Non era un affare.

Non direi.

Guardo fuori. Osservo la U che fa la valle in questo punto, una bella curva di erosione coperta dai boschi, e capisco che mio fratello mi sta fregando. Cinque milioni per una casa sulle piste da sci? A occhio e croce, tra un anno se la vende a cinquanta. Ma è giusto cosí, immagino. Lui è rimasto, io no. Non ho accompagnato io papà all'ospedale, non c'ero mentre gli dicevano del cancro, e non l'ho riportato a casa, dopo. Non ho dovuto dirgli: be', papà, magari si sbagliano. Non l'ho trovato nel prato con la testa esplosa.

Dico: Ai bei tempi li menavamo, gli sciatori.

E adesso li facciamo accomodare sulla seggiolina, fa René.

Non me lo vedo, mio fratello.

Non so. Sai come si dice in questi casi.

Come si dice?

Cherchez la femme.

Una volta ci sono anche uscito, con la moglie di mio fratello. Era prima che si mettesse con lui. Mi ricordo l'anno perché avevo appena preso la patente: 1978. È agosto, lei è una tipa che viene qui in vacanza, io e René aggiustiamo il tetto della casa dei suoi genitori, una di quelle antiche case di tronchi che comprano i milanesi. La conosco sul cantiere e la invito a uscire, mi pare un miracolo che mi dica di sí, chiedo a René la macchina in prestito per portarla fuori. Io diciott'anni e lei sedici, su per giú. Pensavo di andare al campeggio dove suonano e si balla, ma quella mattina mi sveglio che diluvia. Niente tetti con René. Me ne sto in casa a guardare dalla finestra e passo la giornata a dire: adesso smette, mica può venire giú a secchiate ancora per molto. Invece aumenta e a me monta la rabbia, è la Valsesia che ce l'ha con me, e la sera decido di sfidare la mia valle. Faccio lo spavaldo e vado a prendere la tipa, me la ricordo ancora sul balcone dei suoi: Ma sei sicuro?, dice. Io col gomito fuori dal finestrino: Siamo in Valsesia, guarda che bella serata. Lei fa una corsa fino alla macchina e le basta quel pezzettino per lavarsi.

Voi non sapete cosa può diventare quel fiume dopo un solo giorno di pioggia battente. Al primo ponte me ne accorgo: l'acqua non è piú grigia di ghiacciaio ma marrone di fango, fa dei gorghi contro i piloni dove manda a sbattere i tronchi che tira giú. Si sente il rumore dei massi che cozzano tra loro sott'acqua. Va bene che ho diciott'anni, ma a questo punto dovrei capire che è il caso di fare marcia indietro. Invece tiro dritto, riesco a passare il ponte poco prima che lo chiudano. Un genio, Fredo. Piú avanti la strada è interrotta da una frana, il ponte ormai l'hanno chiuso e cosí i pompieri ci spediscono in un hotel dove si stanno rifugiando quelli del campeggio. È proprio il campeggio dove volevo portare la tipa a ballare: spazzato via dalla Sesia, roulotte e tutto quanto. Passiamo la notte al campo profughi, i genitori di lei la cercano terrorizzati, la mattina i pompieri la accompagnano a casa e tutt'e due capiamo che la storia non è nata sotto una buona stella.

Mi faccio dire dove lavora adesso, dopo pranzo saluto la compagnia e scendo in moto fino alla Croce Bianca.

Parto che nevischia, arrivo che pioviggina. Non sento né l'una né l'altra e mi fermo sul retro della trattoria, dove c'è la veranda con il biliardino e i tavolini di plastica e il cartello dei gelati, un quadretto delle estati lontane. Mi pare il posto giusto dove uno come me può aspettare. Entro nella veranda, mi appoggio al biliardino. La tettoia non tiene la pioggia e i mozziconi di sigaretta annegano nei portacenere. Le foglie secche marciscono sul tavolato: ne riconosco la forma, e osservo il grande acero che d'estate fa ombra al cortile. Non mi avrebbe detto niente, anni fa. A Fontana Fredda di aceri non ce ne sono. Adesso mi pare quasi di volergli bene. Vedi come si scende di quota nella vita: ero un abete, sono diventato un acero. Raccolgo una di quelle foglie e me la appunto sul taschino della giacca.

Alfredo, mi fa una voce di donna. La cerco, arriva da oltre una finestrella. Ha ancora i capelli rossi che aveva allora. Mi sa che è la finestra dei bagni, quella lí.

Signora Balma, le dico. Piacere.

Che cosa fai lí?

Aspetto.

Ti piove in testa, Alfredo.

Non me ne frega un cazzo che piove.

La moglie di mio fratello mi guarda. Lo conosco quello sguardo. Guarda l'accetta che ho nella cintura e la foglia d'acero sul taschino. Sta cercando di valutare quanto sono ubriaco.

Le dico: Una cosa la voglio sapere.

Dimmi, fa lei.

È vero che l'hai trovato tu, papà?

Sí.

E che cosa ci facevi lí?

È questo che vuoi sapere?

Proprio questo.

Lei sospira. Si sistema i capelli dietro l'orecchio. È bella, la moglie di mio fratello. Piú bella adesso che a sedici anni.

Dice: Ogni tanto lo andavo a trovare. Quella domenica avevamo raccolto le patate. Se avevo tempo, gli cucinavo qualcosa.

Tu e lui da soli?

Quasi sempre. Gli faceva piacere.

Ogni quanto?

Una o due volte alla settimana.

Ci credo che gli faceva piacere. M'immagino questa donna a casa di papà, che cucina sulla sua stufa. Lui seduto sul divano che la guarda. Una donna non è piú entrata in quella casa da quando ne è uscita la mamma, orizzontale, trent'anni fa. Che cosa si dicono? Lui le racconterà dei vecchi tempi. Di quando a Fontana Fredda ci abitava ancora della gente. La lascia cucinare anche se di fame non ne ha, ormai ha solo sete. Mi viene in mente una cosa.

Allora sei tu che gli hai messo l'acqua nella grappa?

Sí, Alfredo.

Lui pensava di averla nascosta bene.

E invece.

Capisco di colpo che non sarei mai dovuto tornare. Una volta che hai chiuso, hai chiuso. Guardo questa donna, che in qualche modo ci ha conosciuti tutt'e tre. La figlia dei milanesi in vacanza, chi l'avrebbe mai detto. Mi viene in mente che è incinta. Lei guarda quest'uomo, il fratello di suo marito, e sono sicuro di quello che sta sperando: spera che il fratello cattivo se ne vada presto, da questa veranda e dalla loro vita.

Le dico: Ti ricordi? Una volta siamo usciti insieme, io e te.

Certo che mi ricordo.

Dov'è che siamo andati?

Dovevamo andare a ballare, soltanto che pioveva.

Ti ricordi che giorno era?

Il 7 agosto 1978. C'è scritto sulle targhe.

Metto fuori la mano con il palmo in su. Due gocce ci cadono dalla tettoia. Dico: Non fan piú le alluvioni di una volta, eh?

Entra a bere un caffè, Alfredo, dài.

Ciao, signora Balma.

La luce scende. Il cielo diventa grigio come le pietre sui tetti. Fuori dal Woodland, guardo mio fratello che se ne va sul suo fuoristrada da poliziotto. Mi fumo una delle sue sigarette mentre le luci di posizione si allontanano, insieme ai suoi sensi di colpa e ai suoi sforzi di rigare dritto. Mette perfino la freccia per svoltare.

Non è uno stinco di santo, mio fratello, ma guardateci. Un abete e un larice. Papà aveva capito tutto. Abbiamo preso entrambi da lui, lo sappiamo da quando eravamo bambini, solo che mio fratello si è beccato una metà e io l'altra, come con la casa.

Domani gliela vendo, con questo saldo il mio debito, poi Fredo toglie il disturbo, non vi preoccupate. A me non verrete a cucinare la minestra né ad annacquare la bibita mentre sono di là.

Adesso è sera e i cacciatori si preparano all'uscita di domani. Al Valhalla non parlano d'altro: il lupo sanguina, dicono. È rintanato, ferito, in trappola, i cani lo fiuteranno e il primo che lo trova si porterà a casa la pelliccia. Bevono e si caricano a vicenda.

Johnny mi fa: Hai mai provato gin e prosecco, Milleotto?

Mi manca, dico io.

È come whisky e birra, ma mischiati insieme.

Proviamo.

L'ho già detto perché lo chiamano Johnny? È perché una volta se ne andava in giro con gli stivali e il cappello da cowboy. Adesso il cappello l'ha appeso al chiodo ma è rimasto Johnny lo stesso: qui quando ti danno un nome non te lo levi piú. Chiede alla barista due calici di prosecco e un bicchierino di gin a parte.

Gordon's o Tanqueray?, fa la barista.

Vada per il Tanqueray, dice Johnny.

Quando ce li ha davanti, versa una lacrima di gin in un calice e il resto del bicchierino nell'altro. Crede che non ci vedo.

Non ne hai messo di piú a me?, dico.

Sei tu il festeggiato, fa lui.

Lo bevo e mi pare discreto. L'unico problema è che il gin ha intiepidito il prosecco. Dovrebbero tenerlo in frigo.

Che lavoro fai adesso, Johnny?

Il guardiano notturno alla diga.

Da spezzarsi la schiena, eh?

Ascolto molto la radio. Com'era il cocktail?

Buono.

Un altro giro?

Volentieri.

Ora la mossa la vedrebbe anche un cieco: fa finta di versarsi il gin, ma lo mette tutto a me. Dà di gomito a quello che ha di fianco. Questo è un altro giochino dei vecchi tempi: tirar nero il piú scemo della compagnia, e poi vedere come cammina dritto.

Bentornato a casa, Milleotto, mi fa Johnny alzando il calice.

Quando sento quella parola qualcosa, in me, rompe gli argini e tracima. Scolo il beverone, prendo l'accetta che ho nella cintura, la sollevo e gliela calo in fronte. *Santé.* Il ferro e l'osso fanno il rumore dei massi che cozzano sott'acqua quando il fiume è in piena. La barista tira un grido. Poi Johnny va giú e solo allora il sangue comincia a sgorgare.

Ora che le dico addio, a questa valle, con mio fratello che mi corre dietro con il lampeggiante acceso, mi pare di sfilare davanti a tutti i bar della mia vita. Vado giú a manetta e li saluto uno per uno, come quando si faceva nottata e si finiva all'autogrill per colazione. Addio Sporting, addio Fior di Roccia, addio Golosone, addio Valhalla. Un bianco, un Braulio, un Baileys, una rossa doppio malto! Non fermarmi, fratello mio: pensa a tua moglie, pensa a tua figlia. Addio Sole e Neve, una bionda!, addio La Ruota, un whisky!, addio Silly Monkey, giú le mani che pago il giro. Non fermarmi, fratello, non fermarmi: pensa a quello che hai tu e che non ho io. Addio Laghetto, addio Woodland, addio Bar Alpino, addio. Guarda questo fiume nero, guarda come è tutto chiaro.

Donna nell'acqua

Nell'estate del 1979, un'Elisabetta piú giovane è in costume, su una roccia levigata e tiepida, dove il fiume si allarga in una pozza trasparente. Ha diciassette anni e viene in Valsesia in agosto, dopo il mare. Il fiume è pieno d'acqua: a entrare nelle rapide, ti porterebbe via. Quel punto però è una piscina naturale, i villeggianti ci vengono a fare il bagno. Il ragazzo che è con lei invece non c'è mai venuto. Elisabetta lo osserva divertita, nudo tranne le mutande bianche, cosí a disagio benché questo sia il suo fiume, la sua valle.

Dovresti toglierle, gli dice ridendo. Non ci vede mica nessuno.

Qui qualcuno che ti vede c'è sempre, dice lui.

Luigi – è cosí che si chiama – allunga un piede e tasta la temperatura dell'acqua. Elisabetta, coperta di lentiggini per il sole che ha preso in spiaggia, osserva la sua schiena pallida, i muscoli definiti, la linea dove di colpo la pelle diventa scura, sul collo e sulle braccia. Non ammetterebbe a sé stessa che l'attrazione che prova per lui è di tipo antropologico, o politico se si vuole. A Milano è nel collettivo studentesco del Liceo Manzoni, qui in Valsesia ha sempre e solo avuto storie con altri villeggianti. Storielle estive. Questo ragazzo invece ha ventun anni e si è fermato alla terza media, non è uno da storielle estive.

Lei dice: Com'è che la chiami *la* Sesia?

Noi la chiamiamo cosí, dice lui, con le mani aggrappate a una roccia. Siete solo voi che dite *il* Sesia.

Interessante, dice lei. Il fiume è femmina.

Sta per fare un commento sulla natura materna dell'acqua, ma si morde la lingua ricordando quello che lui le ha raccontato, di avere perso la sua da bambino. Pensa a Teti, la dea greca dei fiumi e delle sorgenti. La madre di Achille che lo rende invulnerabile immergendolo nello Stige, tranne che per il tallone. Decide di lasciar perdere: non vuole fare la maestrina con il buon selvaggio, non è qui per questo. È la vita reale, che la affascina in lui.

Si alza in piedi sul masso. Sente la roccia calda sotto le dita.

Allora, dice. Se mi spoglio io, ti spogli anche tu?

Non lo fare, dice lui.

Sí o no?

Ti vedono. Ci sarà un vecchio con il binocolo da qualche parte.

Elisabetta lo fa. Non le interessano i vecchi col binocolo, ma proprio quel ragazzo lí. Si sfila il costume, lo getta sulla roccia, fa un passo e si tuffa nella Sesia, come la chiamerà d'ora in poi.

In quindici anni che sta con Luigi, di cose come questa ne ha imparate diverse. Eccone un'altra: la valle ha un lato al sole e un lato all'ombra. Sul lato al sole ci sono i campi, sul lato all'ombra i boschi. All'ombra gli alberi ingialliscono piú presto, in autunno, e la neve resta piú a lungo in primavera, quando al sole un verde precoce fa già sperare che l'inverno sia finito. Ci sono gli animali del sole e quelli dell'ombra: domestici da una parte, selvatici dall'altra. Ma i torrenti che scendono dall'uno e dall'altro lato confluiscono tutti nello stesso fiume, dove non li puoi piú distinguere né separare.

Anche lei ha insegnato delle cose a lui. Per esempio, come una ragazza vuol essere accarezzata. Luigi all'inizio era sbrigativo, faceva tutto in fretta e in silenzio.

Ma con chi l'hai fatto prima?, gli ha chiesto una volta.

È meglio che non te lo dico, ha risposto lui.

Poi però si è applicato con grande dedizione, le sue mani hanno imparato a toccarla. Ecco una cosa che a Elisabetta è subito piaciuta di Luigi, un tipo di intelligenza che in città era scomparsa: con le mani poteva imparare qualunque cosa, probabilmente anche a suonare il pianoforte, se ci si fosse messo. Lei adorava vederlo lavorare il legno. Il legno era il suo elemento, il suo lato al sole.

Il lato all'ombra invece, come le è toccato scoprire presto, aveva a che fare con l'alcol. L'alcol aveva a che fare con suo padre e suo fratello. Elisabetta non aveva mai visto bere come bevevano loro: potevano restare ubriachi per diversi giorni di fila, andando a letto bevendo e svegliandosi bevendo. E intanto lavorare, guidare, andare a caccia, fare l'amore, senza che uno, non conoscendoli, si accorgesse di qualcosa. Se invece li conoscevi, notavi che erano ubriachi da certi dettagli. Luigi non sentiva piú il freddo, per esempio, o fingeva di ricordare i discorsi della sera prima. In realtà aveva vuoti di memoria lunghi intere giornate. Chissà dov'era, mentre l'alcol lo rapiva e glielo portava via. Era come se bere lo riconnettesse a quel lato selvatico, boscoso, una parte invernale di sé, che Elisabetta collegava alla madre che aveva perso. Non era mai stato violento, se non a parole. Lei dalle parole degli ubriachi aveva imparato a non farsi ferire. Al ritorno era piú dolce del solito, ancora piú bisognoso di lei.

Quel giorno al fiume non si aspettava di innamorarsi cosí. È venuta a stare qui a ventun anni, quando non ha piú sopportato la distanza tra loro. Sono andati ad abitare in un bilocale del fondovalle, lui che veniva da Fontana Fredda e aveva per la prima volta un bagno vero. Pareva incredibile ma era cresciuto in una casa dove la facevi in un buco del pavimento, e andava direttamente giú in stalla. Contro il parere dei suoi genitori, lei ha lasciato Milano e l'università e cominciato a mantenersi in Valsesia con degli impieghi stagionali, la campagna d'estate, i ristoranti d'inverno, mentre Luigi lavorava in falegnameria con il progetto di aprirne una tutta sua. Ecco la vita reale, dopo averla letta tanto nei libri.

Quando vivevano insieme da un anno è stato lui a chiederle di sposarsi, inaspettatamente. Elisabetta al matrimonio non aveva mai pensato. Ci è arrivata continuando a non pensarci e si è ritrovata moglie una mattina di maggio, sul prato davanti a una chiesetta dedicata a san Lorenzo. Non c'erano né il padre di lui né i genitori di lei. Dopo pranzo hanno salutato i pochi amici e sono andati da soli a fare il bagno al fiume.

Nel 1994 è novembre, ed Elisabetta esce dalla trattoria dove adesso lavora. È già buio, ha piovuto un po'.

Sale in auto, sa di puzzare di fritto, e si chiede se andare a casa a farsi una doccia, o lasciar perdere e fare quello che deve fare. Si ricorda che una volta sorrideva dei pastori che puzzavano di stalla e di profumo, perché se lo mettevano senza essersi lavati per bene, e pensa: ognuno puzza della vita che fa, ne può anche andar fiero. Tra capra e friggitrice cosa cambia? Imbocca la provinciale con una manovra incerta, guidare al buio e sul bagnato la mette a disagio. La risale per un paio di chilometri, si ferma al lato della strada, lascia le chiavi nel quadro e scende dall'auto, entra nel negozio di alimentari.

Ciao, Franca, dice. Vorrebbe della verdura fresca ma nelle cassette non ci sono che cipolle, patate, una lattuga appassita, qualche carota molle. Bassa stagione.

Di frutta non ne hai?

Deve arrivare il camion, dice Franca dietro al banco. Voi tutto bene?

Ma sí, abbastanza.

Tua mamma come sta?

Dalle spalle della donna arriva il rumore della televisione. C'è una porta socchiusa, dà su un salotto ed Elisabetta intravede il marito di Franca sul divano. Casa e bottega: quando suona il campanello d'ingresso, come ora che è entrata lei, uno dei due non fa che alzarsi e venire di qua a servire. Funziona cosí da sempre. Si ricorda di quando veniva in vacanza ed era la madre di Franca a gestire il negozio, che per il resto non è cambiato.

Dopo la spesa passa dalla biblioteca comunale. C'è soltanto la bibliotecaria al banco dei prestiti. È una ragazza arrivata da poco, si è sposata qui anche lei, e a

Elisabetta sembra di rivedersi all'inizio. Antonella, si chiama. Era contenta di questo lavoro, poi ha scoperto che non ne usufruisce praticamente nessuno, a parte gli studenti delle scuole medie e questa donna gentile.

Elisabetta ha un libro da rendere. Robert Graves, *La Dea Bianca*. La bibliotecaria scalda un po' d'acqua col bollitore elettrico. Si siedono a bere il tè.

Ho un'altra persona per il gruppo di lettura, dice Elisabetta. Cosí siamo in cinque.

Chi è?, chiede Antonella.

Un signore che viene in trattoria.

Hai pensato a cosa leggere?

Sei tu la bibliotecaria.

Antonella riflette. La osserva, con la tazza in mano. Di certo le è già arrivato l'odore della friggitrice.

Ma tu, che cos'hai studiato?, chiede.

Ho fatto il liceo classico. Due anni di Lettere all'università, poi ho smesso e sono venuta qui.

Non ti è dispiaciuto?

Che cosa, smettere di studiare?

Anche.

No, anzi. Non tornerei indietro.

Una mezza verità. Il fatto è che Elisabetta sa che indietro non si torna. Il fiume scorre da una parte sola. Non ha mai perso tempo con i rimpianti, è una fortuna nel suo carattere.

Dice: Questo che arriva è il tuo secondo inverno, vero?

Sí.

Il secondo è il piú difficile. Porta pazienza.

Perché è il piú difficile?

Perché il primo era nuovo. Era tutto una scoperta.
E al terzo ci si abitua?
Pensiamo a un bel libro, dài.

Alla fine, le donne della valle si tenevano compagnia facendo figli. Lei non ne ha sentito subito il bisogno. Era giovane e c'erano tante cose che le piacevano di quella vita: i boschi e il fiume, soprattutto. L'estate piena d'acqua e gli inverni con tanta neve, il ciclo dei lavori agricoli, imparare dai contadini. E i libri, che non la lasciavano mai sola. Elisabetta è una donna a cui, fin da ragazza, gli scrittori e le scrittrici fanno altrettanta compagnia che le persone in carne e ossa: ci parla, le parlano.

Ce ne sono stati alcuni che l'hanno aiutata a vivere qui. Čechov: poteva essere il medico condotto della valle. Flannery O'Connor, quella strana ragazza che abita con sua madre. E Karen Blixen, la signora tutta sola nell'antica villa di famiglia. Ecco una donna che non si lamentava del suo destino: abbandonata dal marito, afflitta dalla sifilide, con il fardello di una fattoria sempre sull'orlo del fallimento, eppure il suo sguardo era pieno di meraviglia, la sua voce di grazia. Cantava l'amore tra una nobildonna e un essere selvaggio, indomito, che lei chiamava Africa, ma poteva benissimo chiamarsi Valsesia. Ci aveva passato diciott'anni, poi era tornata in Danimarca e si era messa a scrivere per curarsi dalla nostalgia: Elisabetta la capiva.

Una volta sposati, Luigi ha aperto per davvero la falegnameria. È durata poco, perché era bravo con il legno ma pessimo con i conti, e lei la persona meno adatta ad aiutarlo. Dopo il fallimento ha partecipato a un concorso e con l'aiuto di qualcuno è stato preso in Forestale. Tardi, per fare carriera. Agente semplice a trent'anni voleva dire averne dieci di ritardo su chi c'era entrato dopo il militare. Lo faceva per lo stipendio, per loro due, per la regola che stava cercando di imporre alla sua vita. All'inizio ricevere ordini lo innervosiva, l'uniforme pareva che gli mettesse il prurito, però lavorava quasi sempre all'aria aperta, e questo gli piaceva. Tornava a casa di ottimo umore da certe giornate passate a censire pernici e galli forcelli, o a seguire la reintroduzione del cervo. A cena le raccontava: Pensa, Betta, una coppia catturata in Jugoslavia, addormentata con il sonnifero e trasportata in Valsesia, dov'è stata liberata nei boschi. Chissà se quei cervi se ne accorgevano, di aver percorso mille chilometri nel sonno. La femmina probabilmente era incinta. Il maschio aveva appena perso il palco. Il primo palco di cervo disperso in Valsesia da chissà quanti anni: gli sarebbe piaciuto trovarlo e portarlo a casa. Ora non parlava piú della falegnameria, capitolo chiuso. Lei pensava al ragazzo nel fiume, di cui allora non aveva capito quasi niente, ai posti lontani da cui loro due venivano, al lungo viaggio che stavano facendo insieme.

È un anno prima del ritorno di Alfredo, l'ottobre del 1993. Vado a trovare capo Kinanjui, si dice Elisabetta la mattina. È Karen Blixen che una volta alla settimana fa visita al capo kikuyu nella sua capanna. Prende l'auto ed esce dal paese: dopo la biblioteca, le scuole medie, l'auditorium comunale, supera un ponte e la strada diventa piú stretta e male asfaltata. Le sudano un po' le mani, sui tornanti non c'è nemmeno il guardrail. Salendo comincia a incontrare piccoli orti, qualche catasta di legna, un mulo. Le case dai muri di pietra. La roccia che affiora dal terreno, i torrenti non arginati, la civiltà che si allontana. Dopo l'ultima curva il panorama cambia decisamente, l'esposizione a sud arriva sempre inaspettata, ed Elisabetta si ritrova su questo altipiano che guarda la valle come da un terrazzo. Fontana Fredda. La strada finisce lí, con un borgo di case malmesse, e poi solo boschi e pascoli. Il villaggio kikuyu.

Fa a piedi il tratto che manca alla casa del vecchio.

Dice: Ciao, Grato.

Lui non le risponde. Non è poi cosí vecchio, è l'alcol che l'ha invecchiato prima. È concentrato su un lavoro: con le mani tremanti, sta cercando di affilare la motosega.

Lei finge che lui le abbia detto: Ciao, Elisabetta.

Ti ho portato le uova. La stufa è accesa?

Un cenno del mento. Vuol dire sí.

Allora vado a prepararti il caffè, va bene?

Elisabetta lo lascia solo. La motosega è fissata con un morsetto a una panca di legno, nel prato davanti a casa. Tutti i lavori avvengono lí, estate e inverno, a meno che proprio non diluvi. Quando torna con la tazza lo osserva: quello che Grato dovrebbe fare è passare la lima su ogni dente della motosega, Luigi gliel'ha mostrato una volta. Due o tre passate, importante che sia sempre lo stesso numero, con un movimento rapido, e leggermente rotatorio. Come fosse una vite che entra, vedi? Ma le mani del padre non sono quelle del figlio, non piú, e i lavori di precisione sono diventati cosí frustranti per lui. Bestemmia contro l'arnese.

Elisabetta si siede sulla panca e porge a Grato la colazione. Nella tazza ha sbattuto il tuorlo dell'uovo con lo zucchero, e poi ha versato il caffè. Come si fa coi bambini, riesce a nutrirlo con qualche trucco. L'uovo è ormai l'ingrediente fondamentale della sua dieta, per il resto non mangia piú niente.

Grato si siede accanto a lei. Prende la tazza. La annusa, non c'è alcol dentro, fa una smorfia di delusione. Ma beve un sorso, e quello che sente gli piace.

Buono, dice, con un filo di voce.

Elisabetta osserva la valle dalla panca. In alto c'è già la neve, in basso una nebbiolina. Questo cielo, questa luce. Proprio non ci arriva, a capire perché siano andati via tutti.

Grato, dice, hai sentito della seggiovia?

Sí, ho sentito.

Porterà un po' di novità, eh? Qualcuno tornerà anche a viverci, quassú. Potrebbe esser bello.

Mah.

Non credi?

Il vecchio alza una mano e indica la strada, là dove scompare dietro il villaggio. Ha un dito nodoso e artritico. Ecco capo Kinanjui che parla, dice: Una volta, da quella curva lí, è arrivata la prima motosega. Era cosí grossa che l'hanno portata su col mulo, ci volevano due cristiani a manovrarla. Abbiamo messo via il segone. Cosí adesso per tagliare le piante ci vuole la benzina.

Però è piú comoda, no?

Grato finge di non sentire. Tossisce. Dice: Poi è arrivata la strada asfaltata, prima si saliva solo con la mulattiera.

Quand'è stato?

Mica tanto. Vent'anni fa.

È arrivata la strada, e?

E la gente è andata giú a lavorare in fabbrica. Spariti tutti. Adesso è la volta della seggiovia.

Vedremo. È solo un progetto.

Dio fa'.

Grato finisce di bere il caffè. Ha un po' di schiuma d'uovo nei baffi, ma il tremore è diminuito. È lo zucchero, pensa Elisabetta. Sa che ha ragione lui, a proposito dei danni del progresso, ma sa anche che capo Kinanjui è destinato all'estinzione. Osserva il suo profilo e ci ritrova quello di Luigi. Lo stesso naso dritto e antico. Le capita di guardare il padre e immaginare come diventerà il figlio da vecchio.

Poi gli occhi di Grato si bloccano su un punto. Lei si accorge che lui ha visto qualcosa. Segue il suo sguardo e scopre un grande uccello che si è posato sulla cima di un larice. Un'aquila. Non ci si può sbagliare. Luigi le ha spiegato che c'è una coppia, nell'alta valle, e un giorno dalla macchina gliel'ha mostrata volteggiare. Le ha raccontato che le aquile restano insieme per la vita. Che cacciano soprattutto marmotte, ma anche i cuccioli dei camosci, e certe volte le galline. Che coprono un raggio di dieci chilometri intorno al nido, in cui non ammettono avversari. L'aquilotto, una volta cresciuto, se ne deve andare altrove, e questo potrebbe essere proprio un giovane che sta cercando casa.

Portami il fucile, dice Grato, fissando quell'uccello per non perderlo di vista. Sembra in trance.

Cosa?

È in cantina. È già carico. Svelta.

No, Grato.

Muoviti!

Elisabetta non si muove. Luigi gliel'ha detto: suo padre tira a qualunque cosa respiri. L'indole del bracconiere è cosí radicata in lui che non può vedere un animale selvatico senza il desiderio di spararagli. Un giorno o l'altro dovrà salire ad arrestarlo, o perlomeno a portargli via il fucile.

Se gliel'avesse portato via davvero, chissà. Forse Grato avrebbe usato un altro sistema per ammazzarsi. Con Luigi non ne hanno mai parlato. Per Elisabetta sono gli ingranaggi del destino: è l'ultima volta che vede il vecchio in vita.

L'aquila spicca il volo dalla cima del larice, e lei nota che non decolla sbattendo le ali, come gli altri uccelli. Le spalanca e si getta nel vento che sale dal fondovalle. Che bellezza dev'essere, pensa, gettarsi nel vento in quel modo. Grato mormora una parola. Una brutta parola, da vecchio ringhioso, per la moglie forestiera di suo figlio. Questa volta è lei a fingere di non sentire.

In bagno, si guarda allo specchio. Ha trentadue anni e si vede un po' trascurata. Quando torna a Milano dai suoi genitori, ora si accorge subito dei capelli, degli abiti delle ragazze per strada. Lo stile è molto cambiato da quando è andata via. Si volta e si guarda la pancia di profilo: il gonfiore comincia a farsi evidente. Tra poco lo sapranno tutti, nella valle. E forse a quel punto sí, sarà una della valle anche lei. Era passato qualche mese dalla morte di Grato quando una sera ha chiesto a Luigi: Che cosa ne pensi se facciamo un figlio? Un'idea sua, questa volta. Non ha perso tempo a ragionare sulla relazione tra i due fatti, la perdita di un padre e la voglia di un bambino, pur sapendo che ci doveva essere. Luigi le ha risposto: È da un po' che speravo lo dicessi.

Dopo la doccia cena da sola, con la radio accesa. Sul canale culturale una voce di donna sfuma in un brano di pianoforte. Elisabetta ascolta la musica, mangia insalata di riso e guarda fuori dalla finestra. L'insegna della pompa di benzina splende sulla strada buia. Pensa agli uomini che, nelle loro case, a quest'ora stanno pulendo i fucili. L'ha sentito dire al lavoro, sebbene con lei la gente stia attenta, è la moglie di un forestale. Ma certe notizie non riescono a rimanere segrete: all'alba un gruppo di cacciatori si riunirà al ponte romano, e da lí risaliranno la Sesia in formazione. Altri si apposteranno piú su, in punti prestabiliti, aspettando che quel cane, o lupo che sia, capiti a tiro. Si chiede che cosa ne sarà della femmina, la cagnolina bianca che ha visto stamattina.

Squilla il telefono ed Elisabetta si alza, va a rispondere. A volte lo lascia suonare. Stasera le fa piacere un po' di compagnia.

Ciao, mamma, dice.

Hai sentito di quel libro?, chiede la voce di sua madre.

Quale libro?

Non hai acceso la radio?

Ero sovrappensiero.

Quello su Dolcino e Margherita.

Ascoltano lo stesso canale e sua madre la chiama per commentare la trasmissione, come se fossero nella stessa cucina.

Dice: Sai, gli eretici.

Apostolici, la corregge Elisabetta.

Non si erano nascosti lí in Valsesia?

Sí, a Rassa. Eretici per qualcun altro.

Be', hanno detto che Margherita era una ragazza benestante, veniva da una famiglia nobile di Trento. Finché Dolcino non è passato di lí a predicare la sua dottrina, e lei se n'è innamorata.

Di lui o della dottrina?

Si sono messi insieme. Vedi un po' tu.

Chissà com'è stata contenta sua mamma.

Nemmeno lei è stata tanto contenta.

E tu come lo sai?

Perché dopo quattro anni Margherita era legata a un palo. L'hanno bruciata viva davanti agli occhi di lui.

Sono passati solo quattro anni?

Elisabetta si porta il telefono davanti alla finestra, si siede di nuovo lí. Riesce a sentire la musica all'altro capo del filo. Pensa alla casa dov'è cresciuta: il salotto, le poltrone, il tappeto, i quadri alle pareti con le vedute alpine. Fuori, è arrivata l'autocisterna che due volte alla settimana rifornisce il benzinaio. Nei quadri dei suoi genitori invece ci sono contadine nei campi, chiesette bianche arrossate dal tramonto.

Non preoccuparti, dice. Qui nessuno mi brucerà viva.

Luigi è a casa?, chiede sua madre.

No. È fuori.

Di turno anche stasera?

Sí, mamma.

Con una moglie incinta, non potrebbe fare in modo di restare a casa, la sera? Non mi hai detto che ha un comandante donna?

E il comandante donna cosa dovrebbe fare?

Dovrebbe sapere che un'altra donna, incinta, è a casa da sola. Si chiama solidarietà femminile.

E lei si chiama *ispettore capo*.

Nel telefono sua madre sbuffa. Sulla provinciale passa un'ambulanza. Lampeggiante acceso, sirena che si allontana. Forse anche sua madre sta guardando fuori: il cortile della casa di ringhiera, le tegole dei tetti di fronte, i ballatoi. Il cielo di Milano a novembre, quando la foschia riflette le luci della città.

Ascolta, dice sua madre. Se non vuoi venire qui tu, è il caso che tra un po' venga io. Almeno verso la fine della gravidanza.

C'è un sacco di tempo, prima della fine.

Insomma. Aprile.

Dài, mamma.

La saluta bruscamente. Tanto richiamerà tra dieci minuti. Quando riattacca, Elisabetta pensa: aprile. È da matti pensare adesso ad aprile. C'è tutto l'inverno in mezzo, e l'inverno va affrontato senza guardare troppo avanti. Immagina di fare il letto a sua madre sul divano: Luigi che rientra con l'uniforme sporca di fango e se la trova lí in camicia da notte.

Quello che sua madre non sa, e che lei si guarda bene dal raccontarle, è che ogni tanto lui dorme fuori. Sul fiume, magari. O a casa di suo padre. O si porta un sacco a pelo in certi posti della valle che conosce solo lui. Succede dopo che hanno litigato, e se hanno litigato c'entra quasi sempre l'alcol. Una volta gli ha chiesto cosa fa durante quelle notti: si accende un fuoco, si beve una bottiglia. Non ha mai dubitato che fosse vero. Negli anni, è arrivata ad abituarsi a queste notti solitarie come a una parte del suo matrimonio. Ha un marito che a volte dorme con lei, e a volte nel bosco. Elisabetta se ne stancherà, un giorno non piú lontano.

Cosí stanotte non si aspettava il suo ritorno. Si sveglia sentendolo entrare in camera, lasciar cadere i vestiti sul pavimento. Sente sollevarsi le coperte e poco dopo la sua mano su un fianco, dove gli piace tenerla quando sono a letto insieme. Lei è voltata dall'altra parte. La mano di lui è ancora fredda da fuori.

Ma che ora è?, chiede.

Tardi, dice Luigi.

Tuo fratello?

Se n'è andato.

Si gira dalla sua parte e sente nel suo fiato il whisky che ha bevuto. Whisky, sigarette, e anche un altro odore che gli dev'essere rimasto nella barba e nei capelli. Odore di terra umida, di pioggia, di riva del fiume. Nel buio lo cerca con la mano, trova una spalla, il collo, lo accarezza.

Come, se n'è andato?

Ha spaccato la testa a uno, al bar. Con l'accetta. Poi è scappato.

Gli ha spaccato la testa? L'ha ucciso?

No, il tipo è in rianimazione. Piú di là che di qua, ma per adesso è vivo.

Sei andato all'ospedale?

Sí. Lo conosco pure.

Chi è?

Un povero stronzo.

E tuo fratello dov'è?

Non lo so dov'è. In Canada.

Luigi singhiozza. Elisabetta sente, con le dita, che la sua guancia è umida. È questo, il genere di *vita reale* che desiderava? Ora conosce il lamento di un ubriaco che piange nella notte. Sa che aspetto ha la testa di un uomo esplosa da una fucilata. Ne ha vista parecchia, di realtà, indubbiamente. Luigi piange nel buio, non si trattiene piú. Per colpa o merito dell'alcol, è venuto fuori tutto insieme: piange per suo fratello, piange per suo padre, piange per sé.

La facciamo lo stesso, la casa, dice lui. Non ti preoccupare.

Amore mio, dice lei. Amore mio.

Lo bacia sulla guancia, sugli occhi. Gli bacia le labbra che sanno di whisky, la barba che sa di fiume.

La mattina lo lascia dormire, mette un asciugamano in una borsa ed esce di casa. Attraversa la strada, la pompa di benzina, il boschetto che c'è dopo, e imbocca un sentiero che scende. Qualche chilometro piú su nella valle, la battuta di caccia dovrebbe essere ormai finita. La Sesia è magra in questi giorni, il gelo ha asciugato i torrenti che la alimentano, ma Elisabetta conosce una pozza dove l'acqua c'è sempre. Cammina in equilibrio sui massi per raggiungerla, si ferma su quello piú ampio e piú piatto, si siede.

La Sesia la accoglie. Oggi è cosí esile, emergono parti che stanno sott'acqua quasi tutto il tempo. I legni levigati sembrano sculture, le piú belle sono le radici degli alberi, cosí sinuose e contorte. Le betulle invitano a nuovi inizi. La voce del fiume è appena un sussurro: una pozza, una rapida, una pozza, poi l'ansa dove cambia direzione. Come la vita che gira.

Elisabetta si spoglia. Fa freddo, e ha scoperto che è importante respirare a fondo. Il respiro scalda. Entra in acqua con un piede e poi con l'altro. Nonostante ci sia abituata, c'è sempre un momento in cui l'istinto si rivolta, ed è necessario uno sforzo di volontà. L'acqua le arriva alle cosce, poi all'inguine, poi alle costole. Lí si ferma. Si posa una mano sulla pancia e dentro di sé pronuncia la sua invocazione: Figlia, questa è la Sesia. Sesia, proteggi la mia bambina.

Ci resta per pochi secondi, poi esce dall'acqua e si asciuga. Si strofina forte per scaldarsi e si riveste: le calze, i jeans, il maglione di lana, gli stivali. La sua pelle è percorsa da un bel formicolio, i vasi capillari che si erano contratti si riaprono, il sangue scorre.

Ha appena rimesso l'asciugamano nella borsa quando vede un movimento tra gli arbusti. Un cane? Sí, è la cagnolina di ieri. La bianca, la sta osservando. Elisabetta si guarda intorno e si rende conto che il maschio non c'è piú. La femmina è rimasta sola, lí sul fiume. La osserva impaurita ma bisognosa, senza decidersi ad avvicinarsi né a fuggire. Dovrebbe essere terrorizzata dagli uomini, a questo punto, ma non sa vivere senza. Forse sente di aver incontrato una donna, è tentata di fidarsi di lei.

Quindici anni prima, Elisabetta si stende nuda, al sole, su quel masso caldo e levigato, e aspetta che il ragazzo arrivi.

Quindici anni dopo si inginocchia e allunga una mano verso la cagnolina.

Vieni, dice. Vieni, dài.

Oh casa del padre mio

Stanotte ho sognato che stavo correndo nel bosco. Era sera, poco prima del buio, e i cani da caccia m'inseguivano. Me li sentivo alle spalle, sentivo il verso che fanno i cani quando braccano la selvaggina, e i rami degli alberi mi graffiavano, mi strappavano i vestiti. Non so se fossi l'uomo di adesso o il bambino di un tempo, ma quello non era il bosco dove sono cresciuto, dove tra gli abeti e i larici passa la luce. Era un bosco piú fitto e selvatico, uno di questi boschi del fondovalle, tirava l'aria della sera e le piante si agitavano, la betulla, il sorbo, il frassino, l'ontano, il salice, il biancospino. Quei cani dell'inferno non li vedevo, avevo solo il latrato nelle orecchie. Correvo e correvo e il cuore martellava.

Poi ho visto una porta d'edera, come la chiamo io quando l'edera, avvolgendo due piante, passa dai rami dell'una ai rami dell'altra, e mi ci sono buttato dentro. Al di là, c'era la casa di mio padre. Era proprio lei. Non la casa buia e triste di adesso, ma una casa bella, grande, con le finestre illuminate come fari. Quelle finestre splendevano, a dir la verità. Avvicinandomi ho capito cos'era tutta quella luce. Ho pensato: l'ha fatto davvero, Fredo le ha dato fuoco davvero, la casa di mio padre è in fiamme, e mi sono svegliato. Fuori dal sogno, c'era il telefono che squillava.

Elisabetta era uscita, ci ho messo un momento a capirlo, e mi sono alzato per rispondere. M'immaginavo già i carabinieri, la polizia, qualcuno che mi chiamava dal comando, mi ero completamente scordato del notaio. La segretaria mi ha detto che ci stavano aspettando nello studio. Lí in cucina, con la voce impastata, ho dovuto scusarmi e spiegarle che non se ne faceva piú niente. Lei avrà pensato: questo doveva venir qui a comprare casa e se ne stava a letto a dormire. Era seccata, ma ho capito che non le succede poi cosí di rado. Un inconveniente del mestiere. Del resto, se c'è gente che non si presenta davanti al prete.

Ho messo giú e mi sono accorto che ero nudo. Come mai sono nudo?, ho pensato. Mi sono ricordato che stanotte, ieri sera o quand'era, io e la Betta avevamo fatto l'amore. In cucina mi aveva lasciato una fetta di torta su un piattino e la moka già pronta, dovevo solo accendere il fornello. Sotto il piattino c'era un biglietto che ho guardato mentre il caffè saliva: ci aveva disegnato due alberi, un larice e una betulla, con un piccolo cuore in mezzo. Il cuore stretto e magrolino che disegna lei. Io non me la merito una donna cosí, ho pensato. Ho osservato la cucina con tutte le sue cose, le tazze colorate, il calendario delle fioriture, le cose di lei che ingentiliscono la mia vita, ho versato il caffè e ho mangiato la torta, una crostata di mirtilli. Credo fossero i mirtilli che abbiamo raccolto in agosto e mi sono ricordato di lei con le dita e la bocca blu.

Poi ho chiamato l'ospedale per sapere se quel tipo era vivo o morto.

Vivo, è tutto quello che ho saputo. Però non aveva ancora ripreso conoscenza.

Ormai ero libero, stamattina, ma non avevo voglia di sentire cosa si diceva in giro, cosí sono tornato nel posto di ieri, il posto del rottweiler. Sulla riva del fiume la poca neve era tutta pestata. Impronte di cacciatori, non molti, ho contato quattro suole diverse e forse altrettanti cani. Ho cominciato a seguirle. Poteva essere lunga, ma avevo tempo e camminare non mi dispiaceva. Dovevo sbollire due giorni di bevute.

Come pensavo, piú avanti la Sesia si infossava. Non proprio in una gola, ma le rive diventavano ripide ed era complicato risalirle a mezza costa, la via piú semplice era il letto del fiume. Ho smesso di provare a saltare da un sasso all'altro, tanto, bagnarsi per bagnarsi, ci ho messo i piedi dentro e non ci ho fatto piú caso. Non c'è niente come l'acqua gelata per cacciare via l'alcol dal corpo, è come se il diavolo fuggisse da una preghiera. Nel bosco era tutto cosí tranquillo che ho cominciato a calmarmi anch'io: risalivo il fiume, ascoltavo la corrente, scoprivo certe buche che, solo con un po' piú d'acqua, sarebbero state pozze meravigliose. Dovremmo proprio tornarci, ho pensato, ci farebbe bene alla Betta e a me. A un certo punto una trotella mi è pure saltata in mezzo ai piedi.

Il cane l'ho trovato dopo un'ora che camminavo. L'avevano lasciato lí, il killer della Valsesia, incastrato tra due massi. O forse l'avevano ammazzato piú in alto e la corrente se l'era portato giú per un tratto, finché le rocce non l'avevano fermato. Era mezzo sommerso, bell'idea lasciare una carogna a marcire nel fiume, cosí l'ho preso per le zampe, l'ho tirato fuori dall'acqua, l'ho posato sulla riva. Zuppo com'era, sembrava solo ossa.

Ho visto subito che non era un lupo. Scommessa persa, Fredo. Aveva la testa da lupo, e il pelo grigio poteva essere da lupo, ma poi dietro comparivano delle macchie nere, da cane. Vai a sapere che incrocio era tra cosa e cosa. Aveva uno squarcio su un fianco, probabilmente ricordo del rottweiler, e un foro di proiettile sopra la spalla. Perlomeno, l'avevano steso al primo colpo. Il muso era tutto segnato da cicatrici, che non mi parevano affatto morsi di cani, lupi, tigri o leoni che fossero. Quelle erano le legnate che aveva preso nella vita.

Ho ragionato un momento, ho pensato a come portarlo via, se tornare indietro a cercare uno zaino o costruire una specie di lettiga con i rami. Poi ho lasciato perdere le invenzioni: era uno di quei lavori che devi affrontare cosí, come il pendio che mi aspettava. Me lo sono caricato in spalla, pesava sui trenta chili. Ho stretto le zampe anteriori nella destra e le posteriori nella sinistra. Poi sono partito su per la riva del fiume, dritto per dritto.

Il sottobosco era tutto foglie marce e radici nascoste. Ho arrancato con quel peso sulle spalle e l'acqua che mi colava giú per la schiena. Aggiustalo ogni due passi. Occhio a non scivolare. Intanto mi dicevo: guarda che bel lavoro ti sei preso, sono giorni che non fai che ritirare cani morti. Il becchino dei cani. La testa, quella povera testa, penzolava da una parte e mi sbatteva contro.

Non c'era molto da scarpinare in realtà. È piccola, la mia valle. Cento metri di pendio e mi sono ritrovato sulla provinciale. Ho messo giú il cane, l'ho nascosto tra i cespugli, mi sono incamminato verso il Suzuki. Non per il fiume, per la strada. Nel sorpassarmi, qualche macchina rallentava. Ero bagnato fradicio ma mi ero scaldato tanto, su per quella rampa, che le mie spalle facevano vapore.

Ho guidato, ho risalito la valle. Con il cane morto nel bagagliaio, passavo lento davanti al ferramenta, all'alimentari, al tabacchi, che mi vedesse chi doveva vedermi tra i compaesani. Senza averlo deciso prima, al bivio per Fontana Fredda ho svoltato e sono andato su. Era come se la casa di mio padre mi chiamasse.

Per otto chilometri ho pensato a mio padre quand'ero bambino. Non era cattivo, papà. Era un disgraziato. Mi sono ricordato di quando ci portava a vedere le ville in giro per la Valsesia, ci raccontava di quelli che avevano fatto i soldi con il tessile, con il cemento. Uno aveva cominciato comprando la lana dai pastori, un altro prendendosi dei terreni lungo il fiume che non valevano niente. C'era un tipo che prestava soldi a strozzo ai contadini in cambio di un'ipoteca sui campi, minuscoli appezzamenti il piú delle volte, il campicello di famiglia. Con quel sistema lo strozzino si era ritrovato proprietario di mezza Valsesia: poi, per salvarsi l'anima, aveva fatto costruire una chiesetta dedicata a san Grato, protettore dei raccolti dalle intemperie, e dei cristiani dai fulmini. Queste ville che andavamo a vedere erano quasi sempre chiuse, tranne certe domeniche di primavera in cui ce ne stavamo in macchina a guardare i ricchi che pranzavano nella loro veranda, non so che gusto ci provasse mio padre, si faceva il sangue amaro e basta.

Sono arrivato su, e dentro di me ero convinto di trovare un mucchio di macerie fumanti. Invece la casa era ancora lí, Fredo aveva solo buttato giú un albero in giardino. Il suo, non il mio. Il larice era dritto in piedi, e l'abete lungo disteso. Ho apprezzato l'umorismo di mio fratello, anche se mi dispiaceva aver perso una pianta ormai adulta, ma ho pensato, a sue spese, che il larice sarebbe cresciuto meglio senza l'abete a fargli ombra. Ho scaricato il cane, bagnato come uno straccio. L'ho lasciato sul prato e sono andato in stalla a cercare pala e piccone.

Quando sono uscito con gli attrezzi c'era lí Gemma, stava fissando il cane. Gemma è una delle ultime rimaste a Fontana Fredda: strano a dirsi, con mio padre non si rivolgevano la parola da anni. Con me e la Betta invece non ha problemi, è stata contenta quando ha saputo che verremo ad abitare quassú.

Luigi, mi ha detto. Ciao.

Ciao, Gemma.

Che cosa fai?

Seppellisco questo cane.

Era il tuo cane?

No. Ma lo faccio lo stesso.

Ci ha pensato sopra. Ha detto: Bravo.

Mi sono guardato intorno e le ho chiesto: Dove lo metto, Gemma, secondo te?

Non è meglio che lo metti nel bosco?

No, no. Me lo voglio tenere qui in giardino.

Ho scelto l'angolo dalla parte degli alberi, vicino al larice e al ceppo dell'abete. Nel ceppo il legno era ancora bianco e si potevano contare le tacche dei colpi d'ascia. E bravo Fredo, ho pensato: erano anni che non vedevo un albero abbattuto a mano. Ho preso il piccone, l'ho alzato sopra la testa e ho cominciato a darci dentro anch'io.

Ci avrò messo una mezz'ora a scavare quel buco. Ho tirato fuori tanti sassi, è tutta pietraia sotto Fontana Fredda, sassi con la terra sopra. Sono andato giú abbastanza perché la volpe sentendo l'odore non si mettesse a grattare. Ho preso il cane per le zampe, l'ho trascinato nella buca, gli ho dato una carezza sul muso, l'ho coperto con i sassi piú grandi e poi con i piccoli. Alla fine, la poca terra. Ero tutto sudato quando mi sono seduto ad ammirare il lavoro. Mi sono acceso una sigaretta e ho guardato il larice in piedi, l'abete disteso e la tomba del cane tra loro due.

Gemma era ancora lí, non si era persa una mossa.

Luigi, ha detto, è vero che fanno una pista da sci?

Sí, è vero, ho detto io.

Quando cominciano?

Aprile o maggio.

Taglieranno tante piante?

Mah, ho detto, tra pista e seggiovia sono dieci ettari di bosco. A cinquecento piante per ettaro, fanno sulle cinquemila. Dobbiamo salire a martellarle in questi giorni.

Martellarle?

Le segniamo con la vernice. Poi in primavera vengono a tagliare.

Cinquemila piante, tagliano?

L'ho guardata. L'espressione era triste, piú che dubbiosa. Occhi azzurrissimi e sconsolati.

Cosa vuoi farci, ho detto. Mica si può sciare in mezzo al bosco.

Che peccato, ha detto lei.

Naturalmente, aveva ragione Gemma. Ma è dalla notte dei tempi che gli uomini tagliano le piante, accoppano le bestie e si sfondano la testa a vicenda. Se c'è del male su questa terra è solo roba nostra. Ho finito la sigaretta, l'ho schiacciata nell'erba e ho pensato di scendere a prendere la motosega per fare a pezzi quell'abete, che molto fuoco nella stufa non fa, ma non ne potevo già piú di vederlo nel mio giardino.

Guidavo ancora, piú tardi, su per quella strada che ho percorso un milione di volte nella vita, sempre la stessa, la cara vecchia provinciale della mia anima, quando a una curva la valle ha girato e mi sono ritrovato davanti il ghiacciaio del Rosa. Splendeva da far male agli occhi. Non so perché, ho sentito il bisogno di accostare. Ho fermato la macchina sul bordo della strada e sono rimasto a fissare quel bianco abbagliante contro il cielo. Io spesso mi dimentico che in cima a questa valle c'è quella montagna, che il fiume nasce lí: giú da noi l'ombra era già calata da un pezzo, mentre lassú il ghiacciaio rifletteva il sole. Era come la casa di mio padre nel sogno, alta, bella, luminosa. La salvezza verso cui correvo. L'ho guardata dal parabrezza e la casa di mio padre sfolgorava su questa valle buia, dove i nostri peccati giacciono, inespiati.

La battaglia degli alberi

Sono stato in molte forme prima di questa;
sono stato un torrente sul pendio,
sono stato un salmone nell'oceano,
sono stato la nebbia che bagna i capelli.

Sono stato una ragazza, un cane,
un bicchiere nelle mani di chi beve,
il respiro dentro l'armonica,
la neve che specchia la luna.

Dalla mia alta sede,
dove un tempo sorgeva l'acqua gelida,
ho visto gli alberi e le creature verdi
convocati alla battaglia.

Il salice in prima linea
parò l'assalto.
Il sorbo dell'uccellatore
gli guardava le spalle.

La rosa canina oppose
risoluta resistenza,
è armata di punte di lancia
che feriscono le mani.

Dei passi della quercia
risuonò il campo di battaglia,
robusto guardiano è il suo nome
in tutte le lingue.

Agili incalzarono
l'agrifoglio e il biancospino.
Furibonda l'ortica
con il rabarbaro per scudiero.

Rozzo e selvaggio l'abete,
spietato il frassino:
non si volge di lato all'attacco,
punta dritto al cuore.

La betulla, seppur offesa,
non si armò insieme agli altri,
segno non di codardia
ma di nobile rango.

Indugiarono al riparo
il mirtillo e la genziana,
senza esperienza di guerra,
e la felce cortese.

L'erica offriva consolazione
ai combattenti sfiniti,
il pino odoroso di resina
cadde tra le sue braccia.

Valenti furono il ginepro
con il suo frutto cattivo,
e il mugo non amato
dall'umile veste.

L'uva orsina con la sua dote
restò imbronciata al margine della battaglia,
insieme al sambuco lento a bruciare
tra i fuochi che ardevano.

Il rododendro si strinse
in schiere compatte.
Non arretrò il lampone
all'incalzare del nemico.

Il rovere e la roverella,
e l'edera che li copriva
si batterono, furono abbattuti
e giacquero insieme.

L'acero, nonostante la sua furia,
quasi non si mosse:
combatté al centro della battaglia,
e alto fu il suo lamento.

Prima di essere schiantato
il castagno dai dolci frutti
provocò grande scompiglio
conquistò fama del piú animoso.

Il faggio colpí con ardore.
Il carpino fu sfrondato nella lotta.
L'epilobio saccheggiatore
fu sparso ovunque nel vento.

Il larice alzò il suo urlo:
il cielo e la terra tremarono.
I rami dai freschi germogli
si conficcarono al suolo.

Il cirmolo fu l'ultimo a cadere.
Il suo attacco causò grande terrore.
Fu respinto, respinse,
e inferse grandi colpi.

Ora lo zampillare è ammutolito,
la pietra arrotondata,
i grandi mari avanzano veloci
da quando ho udito il grido di battaglia.

E il benedetto maggiociondolo
che ride dimenticato
sotto la roccia sporgente
dalla strana forma.

La cima della betulla
germoglia dal ceppo:
nel suo vigore paziente
la gente spera.

I viandanti stupiscono,
i saggi restano sgomenti
al rinnovarsi di scontri
come quelli sostenuti allora.

Sotto la luna calante
una lotta spaventosa,
e un'altra che sta per infuriare
in pieno sole.

Ma io, seppur ignorato,
perché a quel tempo non ero in questa forma,
ho combattuto, o alberi, tra le vostre schiere
sul campo di Fontana Fredda.

Nota dell'autore

Sono cresciuto in una casa dove non c'era tanta musica, ma per fortuna avevo una sorella maggiore con uno stereo e qualche cassetta. Una di queste era *Nebraska* di Bruce Springsteen. Mi ricordo perfettamente la copertina, con il nome del musicista e il titolo in rosso su fondo nero, e la fotografia in bianco e nero di una pianura vista dal parabrezza. L'orizzonte un po' obliquo, il cielo fitto di nuvole, un riflesso sul cofano dell'auto, la strada che corre dritta in mezzo ai campi spogli. All'inizio degli anni Novanta mi innamorai di questo disco senza sapere bene perché, dato che i testi non li capivo. La musica è quanto di piú scarno possa esistere: tre accordi (questo l'ho scoperto molto tempo dopo, suonandola), la chitarra, l'armonica a bocca e il mormorio indistinto di Springsteen, che sembra cantare a bocca chiusa, o tra sé e sé, come uno che canti di notte in una stanza buia. O forse su quella macchina attraverso il Nebraska. Lo ascoltavo e riascoltavo riavvolgendo il nastro: quelle cassette si rovinavano, con il tempo, ma ci stava bene che il suono diventasse ancora un po' piú sporco, come da una stazione lontana intercettata all'autoradio. Non ho piú smesso di ascoltarlo, e sono passati trent'anni. Credo proprio sia l'album che ho ascoltato di piú nella vita.

Ho dovuto fare un lungo viaggio nella letteratura americana, prima di tornare a *Nebraska* e capirlo meglio (ringrazio, a questo proposito, Leonardo Colombati e il suo prezioso studio dell'opera). Intanto, la genesi: nell'autunno del 1981 Springsteen ha trentadue anni, ed è appena tornato dal tour di *The River*. Quell'album l'ha consacrato come una rockstar mondiale. Ha fatto centoquaranta concerti in un anno, tutto esaurito sia in America che in Europa, una ragazza nella sua vita non c'è ma c'è in compenso una famiglia adottiva, la E Street Band, che tornata alla base si disperde. Per un po', ognuno per conto suo. Il fatto è che Bruce un «conto suo» non ce l'ha, se togliamo un padre con cui i rapporti sono sempre difficili, poi diventato il padre piú celebre del rock americano (per quante canzoni del figlio parlano di lui). Il ragazzo è pure stato sfrattato di casa, per cui ne affitta un'altra nel natio New Jersey e ci va ad abitare. L'idea è di scrivere delle nuove canzoni, però si ritrova lí da solo, all'inizio dell'inverno, e l'anno che ha passato gli presenta il conto. L'adrenalina e i bagni di folla. La vita in tour. Gli cala addosso un umore cupo di quelli che Melville definiva «come un novembre umido e piovigginoso».

Di sera, in quella casa, comincia a vedere soprattutto film noir e di violenza, tipo *La morte corre sul fiume* di Charles Laughton e *La rabbia giovane* di Terrence Malick. Legge molto. Piú tardi dirà che questo è il momento della sua vita in cui l'ispirazione per le sue canzoni smettono di essere altre canzoni, e diventano i libri. Citerà James M. Cain, *Il postino suona sempre due volte*, e soprattutto Flannery O'Connor. Flannery O'Connor è un caposaldo per chi, come me, proviene dalla tradizione del racconto breve. Era cattolica di origine irlandese (Springsteen è mezzo irlandese e mezzo italiano, il mix piú cattolico che ci sia in America), visse nel Sud degli Stati Uniti tra gli anni Venti e i Sessanta, aveva una malattia degenerativa e morí giovane, dopo aver passato parecchio tempo a letto. Ovvio che i suoi racconti fossero cupi, sono dei veri racconti dark dell'epoca. Ladri, assassini, ragazze senza una gamba, predicatori di strada. Uno memorabile si intitolava *Il fiume*, e *The River* era anche la canzone da cui Springsteen voleva ripartire.

Quel pezzo gli era uscito un po' per caso un paio d'anni prima. Lui fino ad allora aveva sempre scritto roba tipo «ehi baby, salta in macchina, io e te siamo nati per correre», poi inaspettatamente, pensando alla vita di sua sorella, era nata questa canzone bellissima, su una coppia. Lui, cresciuto in una valle in cui tutto quel che ti insegnano è diventare come tuo padre. Lei, incontrata a diciassette anni e subito rimasta incinta. C'è un matrimonio riparatore, la tessera del sindacato, il lavoro in un'impresa edile. Da ragazzi lui e lei andavano spesso a fare il bagno al fiume, ma con il tempo ci vanno sempre meno. Il fiume si secca, l'amore inaridisce. C'è la crisi economica e lui perde il lavoro. Questo non è un racconto di Flannery O'Connor: è un racconto di Raymond Carver, un altro che Springsteen leggeva. Il suo libro d'esordio, *Vuoi star zitta per favore?*, era uscito nel 1976, e il secondo, *Di cosa parliamo quando parliamo d'amore*, in quello stesso 1981.

Che musica poteva andare con delle storie del genere? Chi ha cantato di disoccupati, di disgraziati, di ladruncoli e gente al verde nella musica americana? Bisogna tornare al folk della Grande Depressione, a cui già Bob Dylan aveva attinto. Le storie che in letteratura ha raccontato Steinbeck con *Furore* e *Uomini e topi*, in musica le hanno cantate Pete Seeger, Hank Williams, Woody Guthrie. Voce, armonica a bocca, e «questa mitraglia uccide i fascisti», come aveva scritto Guthrie sulla sua chitarra. Springsteen, figlio di un operaio del New Jersey, cresciuto in una strada con gli italiani da una parte e gli irlandesi dall'altra, a trentadue anni decide di prendersi una pausa dal rock'n'roll, e usare il folk per provare a raccontare quelle storie, che conosce anche lui.

Non si sa come arrivino agli artisti i momenti di grazia, è un mistero. A volte arrivano dai periodi buoni e altre dai periodi cattivi. Dalla tranquillità, dal caos, dal dolore, da un buon matrimonio o dalla fine di un matrimonio, non si può sapere. Ma indubbiamente a Springsteen nell'autunno del 1981 capita uno di quei momenti. Nel giro di poche settimane scrive le dieci canzoni di *Nebraska*, e anche altre che sarebbero finite in album successivi. Per incidere i provini, chiede al suo fonico di allestirgli un piccolo studio di registrazione in casa. Il fonico gli monta un registratore a quattro piste: vuol dire che, di ogni canzone, potrà registrare separatamente tre strumenti piú la voce, e poi mixarli lui stesso. Per cui voce, chitarra, armonica a bocca e percussioni, un semplice tamburello. Altre volte la quarta pista è dedicata ai cori, come li chiama lui, anche se a sentire il disco sembrano piú degli ululati.

Come sarà stato passare il Natale e il Capodanno in quella casa vuota? Mi ricordo un racconto di Carver che diceva: «Le feste sono sempre il periodo piú difficile» (si riferiva all'alcol). Forse a Natale Bruce sarà andato dai suoi, a Capodanno l'avranno invitato a una festa. Poi il 3 gennaio 1982 accende il registratore, si siede e comincia a suonare. Una canzone dopo l'altra, le incide tutte. Che giornata.

In primavera raduna la band in studio e dopo un inverno di buon riposo mette i suoi musicisti al lavoro. Ascoltano la cassetta coi provini. Li arrangiano. Aggiungono il basso, la batteria, il sassofono, le tastiere e la chitarra elettrica. Fanno diversi tentativi, cercano di costruire un bel sound. Poi a un certo momento si guardano in faccia e sono tutti d'accordo, Springsteen compreso: quelle canzoni erano piú belle prima. Tutta la bellezza era nella cassettina che lui aveva registrato da solo, mormorando e ululando, non serve nemmeno che provi a rifarle meglio. Per cui quello che ascoltiamo oggi, quando *Nebraska* esce dai nostri potenti mezzi digitali, o dai nostri miseri mezzi digitali, è proprio Bruce Springsteen che canta nella sua stanzetta del New Jersey, il 3 gennaio 1982.

Negli stessi mesi Raymond Carver scriveva i suoi migliori racconti: *Cattedrale* uscí nel 1983, poco dopo *Nebraska*. Quei racconti e quelle canzoni dialogano tra loro. Carver morí nel 1988, fece in tempo ad ascoltare l'album e credo anche ad amarlo, però non sono riuscito a sapere se i due si siano mai incontrati.

Taliesin era un bardo gallese del VI secolo, un Bruce Springsteen dell'epoca, sempre che sia esistito davvero. A lui è attribuito l'oscuro poema *Cad Goddeu*, ovvero *La battaglia degli alberi*, dove sono nascosti ricordi di un'antica guerra, formule magiche, e secondo gli studiosi un alfabeto, detto Beth-Luis-Nion dalle prime tre lettere che lo compongono (betulla, sorbo, frassino): ogni albero una lettera, un mese lunare, un eroe mitico, un carattere umano. Non so se Mario Rigoni Stern l'avesse letto ma cita spesso il calendario celtico nel suo *Arboreto salvatico*. Mi sono preso la libertà di riscrivere alcuni versi del poema pensando agli alberi dei miei boschi, e alle cose che stanno capitando ora.

Infine, la Valsesia è una bellissima valle che scende dal Monte Rosa, la nostra montagna-madre. Ci vado ogni tanto partendo a piedi da casa mia. Ci sono andato anche in canoa perché la Sesia è uno dei fiumi piú belli per scendere tra le rapide, uno degli ultimi nelle Alpi a non essere stato spianato e arginato, per lunghi tratti ancora selvaggio. La Valsesia ha una solida tradizione come rifugio di perseguitati e minoranze – da Fra' Dolcino al popolo Walser ai partigiani della Resistenza – e un'anima operaia ben visibile nel fondovalle.

Per noi però, dal nostro lato del Rosa, è il posto da cui arriva il maltempo. Abbiamo perfino un proverbio che dice: se tira vento dalla Valsesia, vai a casa perché viene a piovere. Quella valle è un imbuto in cui finiscono tutte le nebbie che salgono dalla pianura tra Novara e Vercelli, ed è bizzarro stare sullo spartiacque, o guardare in giú dai ghiacciai del Rosa, e vedere regolarmente le nuvole da una parte e il sole dall'altra. Pare perseguitata dalla malasorte. La storia della valle è punteggiata di alluvioni, e per la sua piovosità si è guadagnata l'affettuoso soprannome di «pisciatoio d'Italia». Non sono mai stato nelle *badlands* d'America, ma mi sembrava il posto adatto per diventare il mio Nebraska.

La citazione a p. 114 è tratta da Herman Melville, *Moby Dick*, trad. it. di Cesare Pavese, Adelphi, Milano 1994.
Il racconto citato a p. 116 è tratto da Raymond Carver, *Da dove sto chiamando*, trad. it. di Riccardo Duranti, Einaudi, Torino 2014.

Fontane, 2023

Per Andrea, Davide e gli anni del Sottile.
Per la Fede e i nostri risvegli.
Con amore.

Indice

Stampato per conto della Casa editrice Einaudi
presso ELCOGRAF S.p.A. - Stabilimento di Cles (Tn)
nel mese di ottobre 2023

C.L. 26216

Ristampa							Anno			
0	1	2	3	4	5		2023	2024	2025	2026